アンカー

今野　敏

集英社文庫

アンカー

ANCHOR

1

「鳩村さんは、どこにいてはりますか？」

報道局の出入り口付近で、大きな声がした。鳩村昭夫は、アルバイトにタイトル連絡票を差し出した手を止めて、その声のほうを見た。

午後十時五十分。『ニュースイレブン』のオンエアまでもうじきで、当番デスクの鳩村は、キャスターの鳥飼行雄、香山恵理子と最終打ち合わせをしつつ、飛び込みの情報に対応していた。

メインキャスターの鳥飼が言う。

「来客のようだな」

「こんな時間に客が来るはずがないんですが……」

「じゃあ、俺たちはスタジオに入るから」

「お願いします」

「トップは政局でいいね？」

「はい」

　女性キャスターの香山恵理子が、確認するように鳩村に尋ねる。

「総理の、解散含みの発言については？」

「まだ、官邸での確認が取れていない。ぎりぎりで情報が入ったら知らせる。それまでは触れないでくれ」

「了解」

　二人はスタジオに向かった。

　鳥飼行雄はＴＢＮのベテランアナウンサーで、ソフトな語り口や渋い外見が、主婦層に人気だ。

　香山恵理子は、知的なショートカットで、クールな印象があるが、笑うとえくぼが愛らしい。中年男性に人気があるが、彼らを引き付けているのは、実は彼女の美脚であることも間違いない。

　鳩村が副調整室(サブ)に向かおうとすると、目の前に先ほどの声の主が立ちはだかった。

「鳩村さんですか？」

「鳩村ですが……」

「大阪のＫＴＨから来ましてん」

「ＫＴＨ……？」

たしかにTBNの系列局だ。だが、そこから来たというのはどういうことだろう。鳩村には訳がわからない。

「とにかく、もうじきオンエアです。用があるなら、後で話を聞きます」

「副調、入らはるん？」

「ええ」

「じゃあ、私もごいっしょさせてもらいます」

「え……。どうしてあなたが……」

「ま、話は後、言わはったことやし」

オンエアの時間が迫っている。ここでごちゃごちゃ話をしている時間はない。とにかく、鳩村は副調に急いだ。関西弁の男がついてきたが、とりあえず気にしないことにした。

『ニュースイレブン』という番組タイトルだが、前回の番組改編から、実際には十時五十五分にオンエアが始まる。

五十五分にその日のニュースの概略を伝えるヘッドラインが入る。そして、すぐに確定CMとなる。確定CMというのは決まった時刻に入るCMのことだ。

鳩村は、ヘッドラインに間に合った。

メインモニターを見て、今日のニュースを確認する。特に大きなニュースはない。政局に、経済。

総理は解散をにおわせているが、まだ決定的な発言はない。取り上げるにはまだ早い。国会の総理番たちが、必死で確認を取ろうとしているはずだ。

経済のニュースで、このところの原油価格の下落、円高、株安を、経済評論家に解説してもらう。

円高、株安が、現在の政権の土台に少しずつダメージを与えている。ここで、閣僚のスキャンダルでもあれば、かなり危機的な状況になるはずだ。

経済問題は、政局絡みで眼が離せない。

その他は、事故や事件の続報だ。警察が発表した内容を伝えるもので、緊急性はない。

つまり、今日の『ニュースイレブン』は、有り体に言えば退屈な番組と言えるかもしれない。

鳩村は内心そう思っていたが、デスクという立場上、そんなことは口が裂けても言えない。

CMが明けて、キャスターがコメントし、VTRが流れる。番組は淡々と続いていった。

「しょうもない……」

副調の中に、そんなつぶやきが洩れた。

ＫＴＨから来たという男の言葉だった。それまで鳩村は、その男のことを忘れかけていた。

ディレクターをはじめ、番組スタッフもその言葉を聞いたはずだ。鳩村は、どういうつもりで男がそんなことを言ったのか気になったが、今は無視することにした。生の番組が進行中なのだ。

「スイッチャー、何しとんねん。女性キャスター、せっかくミニスカートはいてるんや。脚、映さんかい」

スイッチングを指示しているのは、ベテランのディレクターだった。彼は、その声のほうに顔を向けた。険しい表情だ。

そのディレクターはプライドが高いし、気が長いほうではない。トラブルでも起きたらたいへんだ。

鳩村はそう思って、ＫＴＨから来た男に言った。

「誰だか知らないけど、ちょっと静かにしていてくれませんか？」

「栃本、いいます」

「は……？」

「ＫＴＨの栃本。栃本治です。まあ、もっとも今は、セントラル映像に出向中やけど……」

「出向……」

セントラル映像は、ＴＢＮ系列の映像制作プロダクションだ。『ニュースイレブン』もセントラル映像には世話になっている。かなりの部分を外注しているのだ。

栃本がまたモニターを見て言った。

「あないにきれいな脚してはるんやから、映してあげなもったいない」

美脚はわかっている。だが、あからさまにこういう言い方をされると、なんだか不愉快になってくる。

「ニュースと脚は関係ないでしょう」

鳩村は言った。

栃本は驚いたような顔で言った。

「どこの局でも、流してるニュースは似たり寄ったりやねんから、数字稼げるんやったら何でも使わな」

それもわかっていることだ。だが、栃本に言われると腹が立った。

関西弁のせいかもしれないと、鳩村は思った。別に関西弁を差別しているわけではないが、どこかばかにされているような気がする。

だから、鳩村は番組に関西系のお笑い芸人を使うのも好きではなかった。これはあからさまに言うと批判の対象となるので、鳩村は口外したことはない。

だが、好きになれないものは仕方がない。

「いいから、番組が終わるまで静かにしていてください」

鳩村が栃本に抗議をしたことで、ベテランディレクターは、番組に集中してくれていた。

特に鳩村が指示を出さなければならない事案はないので、ディレクターに任せておけば番組はだいじょうぶだ。

かといって、栃本に邪魔されるのは不愉快だった。

彼は平気な顔でさらに言った。

「あのべっぴんさん、見切れてるやないですか。フレームに入れとかんと……」

鳩村は言った。

「評論家がコメントをしているんですから、メインキャスターの鳥飼と二人だけのカットでいいんです」

「わかっとらんなあ……」

これは、独り言のようなつぶやきだった。

そういう言い方をされると余計に腹が立った。

「だいたい、なんであなたはここにいるのですか。関係者以外、立ち入り禁止ですよ」

「聞いてはらへんのですか？」

「私、鳩村さんのところに行け言われて、やってきましたんやけど」

「何をですか？」

「私のところに……？　どういうことですか？」

「サブデスクをやれ言われてましてな」

「サブデスク……」

そういえば、報道局長の油井太郎から何か電話があったらしい。机上にメモがあり、折り返し電話をしたが、そのときには油井は席を外していた。携帯にも出なかった。

そのメモにサブデスクがどうのこうのと書いてあったが、何のことかわからずに放っておいた。そのうち、会議が始まり、いつしかオンエアの時間となっていた。

「とにかく」

鳩村は言った。「その話は後です」

「わかりました」

何事もなくオンエアは終了し、鳩村は報道フロアに戻った。スタジオからキャスターの二人が出てきた。

「お疲れ様」

鳩村が彼らに声をかける。

「紹介してください」

栃本がついてきていたのだ。

鳩村は、彼を二人のキャスターに紹介した。

香山恵理子は、会釈をしただけだった。

鳥飼が笑顔で言った。

「へえ、KTH……。出張ですか?」

「いや、一時的な転勤ですわ」

「転勤……」

鳩村は言った。

「なんでも、セントラル映像に出向になって、『ニュースイレブン』のサブデスクになったというんだが……」

「サブデスク……」

栃本が言った。

「鳩村さんの下で働くことになりましてん」

鳥飼が言う。

「ほう……。同系列とはいえ、ネットワーク内での異動というのは、聞いたことがありませんね」

「過去に例がなかったからゆうて、この先もないとは限らんゆうことです。今までと同じことやってたかて、よそには勝てんのとちゃいますか？」

「まあ、そうだけど……。そのためにわざわざセントラル映像に出向になったということですか？」

「わざわざゆうか、たまたまゆうか……。私がセントラル映像に出向になった後に、油井報道局長が、ＫＴＨの『ラストニュース』のプロデューサーと話しはりましてな。私をひっぱらはったゆうわけでして……」

鳥飼が目を丸くする。

「『ラストニュース』のことは知ってますよ。深夜のニュース番組なのに、信じられないような数字を叩き出しているということじゃないですか」

鳩村も『ラストニュース』のことは知っていた。系列の局のニュースショーとしてはダントツの数字を誇っている。

もっとも関西ローカルなので、全国ネットの『ニュースイレブン』などの在京放送局の番組と単純に比較することはできないと、鳩村は思っていた。

栃本が飄々として言う。

「『ニュースイレブン』も、けっこうがんばってはるのはよう知ってます。東京の局の中では、健闘してはりますな」

「そう。在京テレビ局の夜のニュース番組の中では、数字はトップです」

「在京はあかん」

「何ですか？」

「在京言うたらあかんのですわ。在京は、あくまで京都にある、ゆうことやさかい」

関西人のこだわりか。そういえば、いまだに彼らは、関西のことを「上方（かみがた）」と呼ぶ。

そんなところも、鳩村は気に入らなかった。

「今現在、在京といえば、東京にある、ということなんです」

「近畿の人は認めまへん」

「国語辞典にもそう書いてありますし、放送用語でもそうなっています」

「まあ、そんなことはおいときましょ。問題は、『ニュースイレブン』の数字が落ちてることですやん」

たしかにこのところ、数字は低迷している。だが、それはニュース番組全体に言えることだ。

大きなニュースがなければ数字は落ちる。報道番組の宿命だ。

「そうか」

鳥飼が言った。「それで、油井局長が……」

栃本が平然と言う。

「そうゆうことや。てこ入れしたいんちゃいますか」

それを聞いて、鳩村の不愉快さが募った。

てこ入れするのはわかる。だが、選りに選って、関西ローカルのニュース番組の担当者をサブデスクにつけるというのはどういうことだ。

鳩村が言った。

「東京と関西では、いろいろとやり方が違うと思います」

「せやな。せやから、油井局長は、関西から私を呼ばはったんちゃいますの」

「どういうことですか」

「私らのやり方ゆうのんが、東京でも役に立つんちゃいますか。おそらく、油井局長は、そないに考えはったんやと思いますけど……」

「いや、大阪と東京は違います」

「ここでそないな話してたかて、埒が明かへんやないですか。そうそう、『ニュースイレブン』の数字に貢献してはる記者さんがいてましたな」

「記者……」

「布施さんいわはる」

「ああ、布施ね……」

「ばんばんスクープ飛ばしてはるらしいやないですか」

「しかし、勤務態度はほめられたもんじゃないですよ。現に、今日は当番の日なのに、オンエアに顔を出しもしない」

「記者がオンエア時に局にいたかて、仕事にならへんでしょ」

　恵理子が笑った。

　鳩村は恵理子に言った。

「何がおかしいんだ?」

「栃本さんが、布施ちゃんと同じことをおっしゃるから……」

「せやろ」

　栃本が恵理子に言った。「やり手の記者なら、誰でもそう考える。……で、その布施さんやけど、どこにいてはりますの?」

　鳩村がこたえた。

「さあね。あいつは糸の切れた凧(たこ)だからな。どこに飛んでいくかわからん」

　恵理子が言った。

「『かめ吉(きち)』あたりにいるんじゃないかしら」

「『かめ吉』……?」

「平河町(ひらかわ)の居酒屋よ。警視庁の警察官たちの溜(た)まり場だから、サツ回りの記者たちも集まる」

「へえ、布施さんは、夜回りの最中っちゅうわけですか」

鳩村は言った。

「いいや。あいつは、ただ飲んでいるだけだよ」

「飲んでいるだけ……」

「そう。取材なんかしていない。それでも、不思議なことに、スクープを持って来る」

栃本が笑った。

鳩村はむっとして言った。

「何がおかしいんですか」

「なんや、布施さんがスクープ持って来はんの、嫌そうに言わはるから……」

「嫌なわけがないでしょう。ただ……」

「わかります。手に余るんでしょ」

「手に余るですって……」

鳩村はさらにむっとした。

「どこにでも跳ねっ返りの記者はいてるもんです」

「いや、跳ねっ返りというか、布施の場合は……」

「お会いしてみましょ」

栃本は恵理子に言った。「その『かめ吉』まで案内してもらえんやろか」

「申し訳ありません。今日はまっすぐ帰る予定なの」

「ほな、鳩村さんにお願いしますわ」

鳩村は驚いた。

「なんで私が……」

「いやいやいや、ついでゆうたらなんですけど、お近づきの証に一軒、どないです？」

断ろうと思っていると、鳥飼が言った。

「いいじゃないか。行って来いよ。彼はサブデスクだろう。歓迎会は、あらためてやるとして……」

先輩社員の言葉には逆らえない。

歓迎会など冗談じゃない、と思いながらも、鳩村は言った。

「布施がいるかどうか、わかりませんよ」

「とにかく、行ってみましょ」

鳩村は、そっと溜め息をついていた。

2

『かめ吉』は久しぶりだった。

鳩村は報道一筋で、記者時代にはよく顔を出したものだ。

平河町にある古い居酒屋で、鳩村が若い頃から何一つ変わっていないような気がする。おそらく、いろいろな部分を修繕しているに違いない。水回りは傷むだろうし、家電もガタがくる。だが、店全体のたたずまいは驚くほど変わっていない。

警視庁が近いこともあり、警察官がよく飲みに来ることで知られている店だが、その中に鳩村が知っている顔はない。

ここに来るのは、平の警察官たちだ。鳩村が知っている警察官の多くはすでに退官した。現職でも役職についている。

そういう連中は、若い部下に煙たがられるだけだと、状況をわきまえており、別の店に行く。

「こりゃ、ええ店ですね」

暖簾をくぐって店内を一目見るなり、栃本が言った。

鳩村は、店内を見回して言った。

「ああ、いましたよ」

布施京一は、一人でカウンター席にいた。やはり、夜回りをしているわけではなさそうだった。

「ちょっといいか？」

鳩村が声をかけると、布施は驚いた様子もなく言った。

「やあ、デスクじゃないですか。どうしたんですか？」

「紹介したい人がいる。あっちの席に移ってくれないか？」

カウンター席に、二人分の空きはない。鳩村は奥のテーブル席を指さした。

「いいですよ」

布施は、カウンターの中の従業員に「移るね」と断って、ビールジョッキと、つまみの皿を持って立ち上がった。

鳩村と栃本が向かい合って座ると、布施は鳩村の隣に腰を下ろした。

「ＫＴＨからいらした栃本さんだ」

「よろしゅうに」

「ＫＴＨ？」

布施はどこかぼんやりした様子で言った。「出張ですか？」

「出張やのうて、異動ですわ。『ニュースイレブン』のサブデスクになりましてん」

「へえ……」

布施は平然としている。……というか、鳩村には何も考えていないように見える。

鳩村と栃本の飲み物が運ばれてきた。鳩村は生ビールを頼んだが、栃本はウーロン茶だった。

「ほな、乾杯しまひょか」

栃本がグラスを上げる。布施はまったく頓着しない様子でそれに自分のジョッキを合わせた。

仕方なく、鳩村もジョッキを掲げる。

乾杯が済むと、布施が栃本に尋ねた。

「ウーロン茶なんですね」

質問するのは、そこかよ。鳩村は思わずツッコミたくなった。関西弁を聞いていると、ノリも関西風になってくるのかもしれない。

「せや」

栃本がこたえた。「私、下戸なんですわ」

「飲めないと、つまらなくない？」

「どうかな。もともと飲めへんので、気にならしまへんけど」

　鳩村は苛立って言った。

「そんな話はどうでもいい。もっと訊きたいことはないのか？」

　布施が緊張感のない表情で言う。

「訊きたいことって？」

「同じ系列でも、地方局から異動なんてことは前代未聞なんだ」

「あきませんよ」

「え、何がですか？」

「関西の局を地方局ゆうたらあかんのです」

　大阪の局は独特のプライドを持っているようだ。たしかに、彼らは関西ローカルの番組に自信を持っている。

「系列内の別の局から、と言いたかったんです」

「このところ、視聴率が落ちてきているからでしょう」

　布施が言った。「前代未聞だから、やっちゃいけないってことはないでしょう」

「でも、組織上、できることとできないことがある」

「油井局長、抜け道探しはったんやと思います。私がセントラル映像に出向になったんは、渡りに船、やったんとちゃいますか」

「それで……」

布施が面白そうに尋ねた。「『ニュースイレブン』を、どうするつもり？」

「おい、どうするつもりって……」

鳩村は言った。「栃本さんは、あくまでも俺の下だ。番組をどうこうできる立場じゃない」

布施が鳩村に言った。

「でもさ、今のままじゃだめだと思ったから、油井局長は大阪から栃本さんを呼んだわけでしょう？」

「私は、布施さんに興味があるんや」

「俺に？」

「スクープをよう取ってきはるそうやないですか」

「まあ、たまには……」

「そのお手並み拝見したい思いましてな」

「別に特別なことをしているわけじゃないよ」

「そう」

布施の言葉に、鳩村はうなずいた。「こいつは、特別なことをしているわけじゃないんです。現にこうして、酒場で飲んでいるだけです。スクープのほうから転がり込んでくるんですよ」

「そんな都合ええことがありますかいな」

栃本が苦笑する。「スクープのほうから転がり込んでくる、なんてことがあったら、あんた、記者はみんな苦労せえへん」

「だから、こいつは苦労なんてしていないんですよ」

「心外だなあ。俺だってそれなりに苦労してるんですよ」

そう言った布施はあらぬほうを見ていた。布施と鳩村は、出入り口のほうを向いて座っている。布施はそちらに眼をやっていた。

鳩村は彼の視線を追った。その先に、黒田裕介と谷口勲がいた。彼らは、店に入ってきたところだった。

二人は、警視庁捜査一課の刑事だ。

この店も、そろそろ看板だろう。時間が不規則な刑事のことを考えて、かなり遅くまで営業している居酒屋だが、それでも限度がある。

二人は、看板間際の店で一杯だけ引っかけていこうというところだろうか。刑事に長っ尻はいない。いつ何時呼び出しがあるかわからないので、腰を落ち着けて飲むことができなくなってくるようだ。

彼らは空いているテーブル席に向かい合って座った。

布施が立ち上がり、彼らに近づいていく。すると、黒田が顔をしかめて何か言った。おそらく「あっちへ行け」というようなことを言われたのだろう。布施は平気な顔で谷口の横に腰を下ろした。

そして、黒田にあれこれ話しかけた。黒田は返事をしない。布施を無視するように、従業員に飲み物とつまみを注文している。

「なんや……。ちゃんと取材してはるやないの。あれ、夜回りでっしゃろ」

栃本が布施のほうを見ながら言った。

「そうですね」

鳩村は言った。「珍しく、ちゃんと仕事をしているようですね」

「デスクが見てはらへんところで、いつもちゃんとしてはるんとちゃうの？」

「いや、今日が特別なんだと思いますよ」

「……やとしたら、布施さん、大きなネタをつかんではるんとちゃいますか？」

鳩村はその言葉に、思わず布施のほうを見直していた。

布施は、一変して黙り込んでいた。じっと黒田を見つめている。黒田は、まるで布施などいないような態度で、ビールを飲み、つまみを食べた。

やがて、黒田がぼそりと何か言ったようだ。布施は満足げにほほえみ、立ち上がると鳩村たちのもとに戻って来た。

「何を訊かはったん？」

「今度黒田さんたちが担当することになった事案について、ちょっと……」

「どんな事案ですのん？」

「未解決事件の継続捜査だよ」

「継続捜査？」

「そう。あの二人、特命捜査対策室なんだよ」

「ははあ……。特命捜査対策室……。なんや、東京の警察は、面倒臭い名前が好きやな」

「大阪府警にはないんですね？」

「そんなん、あらしまへん。せやけど、継続捜査はきっちりやってはります」

「もちろんそうでしょうね」

「……で、どんな事件やろか」

「十年前の事件でしてね。大学生が殺害されました」

「経緯は？」

「町田（まちだ）市内で起きました。時刻は、午後十一時半頃。大学生が飲み会の帰り道、誰かと口論になって殺害されたようなのです」

　それを聞いて、鳩村は言った。

「ああ、その件なら覚えている。いまだに親御さんが駅前でビラを配ったりして、情報提供を呼びかけているようだな」

栃本が布施に尋ねる。

「何か進展があったんやろか」

「進展……？　なんで？」

布施に聞き返されて、栃本は面食らったような顔になった。

「なんでて……。何かわけがあって、布施さんはその件に興味もちはったんちゃいますの？」

「いや別に……」

「別にて……」

「今日、うちの警視庁担当の記者に会ってね。黒田さんがこの件を担当することになったって話を聞いたんだ」

「あの黒田さんゆうのは、なんや特別な刑事さんなんやろか」

「いや、別に特別じゃないですよ。ただ、この店でよく会うだけです」

「なんや、しょうもない……」

栃本は、あきれたように言った。「なんぞおっきなネタ、握ってはるのかと思たわ。……で、黒田さんに、何訊かはったん？」

「十年前の事件を担当することになったんですってって……」

「それだけかいな」

「それだけです」

「嘘言うたらあかんで」

「え……？」

「次々にスクープ飛ばす記者さんが、それだけっちゅうことありますかいな。なんぞ特別なネタ握ってはって、それについて訊かはったんちゃいますの？」

　布施が笑みを浮かべた。

「考え過ぎですよ。俺、別に特別なことなんて何も考えていませんから……」

　布施が立ち上がった。鳩村は尋ねた。

「どこに行くんだ？」

「帰りますよ。もういい時間ですからね」

「上司がいるってのに、さっさと先に帰ろうってのか」

「俺、一人で飲んでたんですよ。じゃあ……」

「あ、こら待て。勘定は……」

　布施は片手を上げて出入り口に向かった。その後ろ姿を見て、鳩村は言った。

「ごらんのとおり、とんでもないやつなんですよ」

「たしかに飲み代を置いていかへんのは、どうかと思いますな」

「いや、そういうことじゃなくて……」

栃本はふと考え込む様子で言った。

「詳しく調べなあかんのとちゃいますか？」

「え……？」

「布施さんが言うてはった事件や」

鳩村は苦笑した。

「そんな必要、ありませんよ」

「なんでです？」

「あいつの気紛れなんですよ。付き合う必要はありません」

「気紛れでっか？」

「そうです。どうせあいつのことだから、深い考えがあってのことじゃないですよ」

「そうやろか。布施さんが、スクープ取ってきはんのは、事実でっしゃろ？」

「まあ、そうですが。ほんと、たまたまのことだと思いますよ」

「だから、言うてるやないですか。それはあり得へんて……。たまたまでスクープ取れるなんてことは、絶対にあり得へんのです」

「でも……」

鳩村は言った。「本当に、あいつの場合はそうなんです」

「やったら、布施さんは超能力者や」

「そうかもしれません」

「何ですて……？」

「あいつは、超能力者か魔法使いの類かもしれません。事件やスクープを引き寄せるというか……」

「ふうん……」

栃本は考え込んだ。「アプローチが、普通と違うてはるんやろな」

「アプローチが違う？」

「せやから、他の記者が気づかへんような事件の兆しに気づかはるんとちゃいますか？」

そうだろうか。

鳩村は考え込んだ。

栃本に言ったのは、普段彼が考えていることだった。本当に布施は魔法使いのようだと、少々不気味に思えることがある。

特別苦労しているようには見えない。がつがつと取材をするわけでもない。むしろ、普通の記者が普通にやる取材をサボっているようにすら見える。

だが、間違いなく他の記者よりも多くのスクープを取ってくるのだ。特別な嗅覚を持っているとしか思えない。

だから、栃本が言うように、事件に対して他の記者とは違うアプローチが可能なのかもしれない。

それは生まれつきの才能なのだろうか。そう思うと鳩村は悔しかった。これまで報道一筋にやってきた。真面目に取材もしたし、勉強もした。

だが、スクープと言えるスクープを取った記憶がない。各社が横並びで報じる事件について、取りこぼしがないようにするのが精一杯だった。

つまり、俺の報道人生は、マイナスはなかったが、プラスもなかったということだ。

鳩村はそう思っていた。布施とは大違いなのだ。だから、布施を認めたくなかった。いい加減で、好き勝手やっている。それでいて、スクープをものにできるのだ。こんなに悔しいことはない。

鳩村は言った。

「いや。あいつはただ、変わっているだけですよ。いつまでもツキが続くとは思えません」

「ただのツキやないんとちゃいますか?」

「みんな彼を買いかぶるんです。そりゃ、スクープを取ってくるんですから番組や局にとってはありがたい記者です。でも、それはいつまでも続かない。結局、地道なほうが勝つんですよ」

「ウサギとカメかいな……」

「そう。地道が一番です」

「せやけどな、デスク」

栃本が真顔になって言った。「テレビの世界はカメよりもウサギを必要としてるのや」

結局鳩村は昨夜、タクシーで帰るはめになった。

景気のいい頃は、平気でタクシーで帰宅したものだが、最近はそうもいかない。

それにしても、日本の景気がよくなることはあるのだろうかと、鳩村は思う。政府も日銀(にちぎん)もさまざまな対策を練り、それを実行しようとしている。

デフレを脱却し、がっちりとストックされている金を少しでもフローに回そうというのが、政府や日銀の方針だが、それがまったくうまくいっていない。

市中に金が増えると、大企業がそれを貯(た)め込み、銀行は中小企業に金を貸そうとしない。だいたい、現代の銀行というのはいったい何をやっているのだろうと、鳩村は疑問に思う。

金を持っている者にしか金を貸さない。金を本当に必要としている者には貸そうとしないのだ。それでは企業が活力を失い、結果的に景気が冷え込む。

今日の不況はすべて銀行が作り出しているような気さえする。まさに、銀行不況なのではないかと、鳩村は思っていた。

ほんの少しだが昨夜の酒が残っていて、頭がどんよりしている。そのせいでつい、余計なことを考えてしまう。

銀行の所業など考えたところで仕方がないのだ。

今日は土曜日で休みだった。

とはいえ、のんびりはしていられない。当番日にそなえて、さまざまな仕込みをしておかなければならない。

土日や非番でも局に顔を出すことも珍しくはない。その日は、自宅で調べ物をすることにしていた。

書斎として使っている小さな部屋で机に向かい、鳩村はノートパソコンを立ち上げた。

昨夜、栃本にはああ言ったものの、布施が言っていた事件が気になりはじめていた。

十年前に起きた未解決事件だ。鳩村は、パソコンでその事件について検索してみた。

被害者は、都内の大学生だ。町田市内で一人暮らしだった。

名前は福原亮助。大学二年生で、当時十九歳だった。

事件発生は四月三十日の午後十一時半頃。通報がその約五分後の十一時三十五分頃だ。

福原亮助は、市内の飲食店で友人と酒を飲み、別れて一人で帰宅途中に、誰かと口論になった。その経緯は今のところ不明だ。

口論していたという目撃証言があっただけだ。そして、その相手に刃物で刺されたらしい。失血死だった。

犯行の瞬間を見た者はいない。

現場は、町田市内の、被害者のアパートのそば。犯人が顔見知りだったかどうかも不明だ。

口論していたのを見たという者の証言によると、相手は男性で、身長は被害者よりも低かったということだ。黒いパーカーを着ていたという。

ちなみに被害者の身長は、百七十八センチだった。

「行きずりの犯行か……」

鳩村は、腕組みをしてつぶやいた。

殺人などの重要事件の検挙率はいまだに高い。最近犯罪検挙率が低下している、などと言われるが、それは軽犯罪などの犯罪認知件数が増えたからだ。分母が増えれば、率は下がる。

特に殺人の検挙率は高い。人を殺せば、ほとんどが捕まると考えていい。しかし、例外もある。行きずりの殺人は犯人が捕まらないことが多いのだ。

被害者と犯人の関係を捜査する、いわゆる鑑取りができないからだ。

この町田の事件もそうなのだろうと、鳩村は思った。

昔なら、このまま五年後に時効を迎えたかもしれない。だが今は、殺人の公訴時効は撤廃されている。

しかし、今になって布施がこの事件に興味を持ったのはいったいなぜだろう。

そんなことを考えていると、携帯電話が振動した。局のスタッフからだった。

「あ、デスク、たいへんです」

「何事だ？」

「布施さんと、関西のＫＴＨから来た人が……」

「二人がどうした」

「とにかく、来てください」

「どこだ？」

「局です」

スタッフでも、土日に出勤している者は少なくない。

二人が喧嘩でも始めたということだろうか。

鳩村は溜め息をついてから言った。

「すぐに行く」

電話を切って時計を見た。

午前十一時だ。今日は、のんびり調べ物でもしようと思っていた。それを、布施のやつは……。

鳩村は、妻に告げた。

「局に行ってくる」

ジャケットと肩掛け鞄（かばん）を手に、自宅マンションを出た。

3

鳩村は結局、休日出勤するはめになってしまった。

布施は鳩村に言わせれば問題児だし、栃本は一癖も二癖もありそうだ。二人が何かトラブルを起こしたとしてもおかしくはない。

鳩村はそう思い、うんざりした気分で報道フロアまでやってきた。土曜日はオンエアがないので、『ニュースイレブン』の島の周辺は静かだ。

いつもはスタッフやバイトが座っている大きなテーブルにも人の姿はない。電話を寄こしたスタッフも見当たらない。

土曜日の午後十一時枠は、スポーツニュースの拡大版だ。その番組の島もまだ人影はまばらだ。

布施と栃本は、いったいどこにいるのだろう。

鳩村は、『ニュースイレブン』のテーブルの脇で立ち尽くしていた。

どこからか笑い声が聞こえる。編集室のほうだ。鳩村はそちらに向かった。

編集室のドアの一つが開いており、そこから声が洩れているようだ。

栃本の姿が見えた。

さらに近づくと編集室の中に布施がいるのがわかった。部屋が狭いので、ドアを開けたまま、栃本と布施が画面を見つめている。

コンソールに向かっているのは、鳩村に電話をしてきたスタッフだ。

三人で何かの映像を見ているらしい。

「何をしているんだ?」

鳩村が言うと、三人が同時に振り向いた。

「あ、デスク」

栃本が言った。「ほんまに来はったん?」

「どういうことだ。電話をもらったんで、飛んで来たんだ。何かトラブルがあったんじゃないのか?」

「トラブルやて?」

栃本は布施と顔を見合わせた。

布施が言った。

「いや、別にトラブルはないですよ」

鳩村は椅子に座っているスタッフに言った。

「おまえ、たしかに電話を寄こしたよな」

「はい、電話しました」

「布施と栃本がどうのと言っていたじゃないか」

「あ、誤解されたようですね。すいません」

「誤解……？」

「傑作な映像があるから、デスクも呼んだらどうだと、お二人が言うもので……」

「何だって……？」

「俺、トラブルだなんて、一言も言ってませんけど……」

鳩村は、電話のことを正確に思い出そうとした。たしかに彼は、「布施さんと、関西のＫＴＨから来た人が……」と言っただけだ。

「じゃあ、何か……」

鳩村は言った。「映像を見るためだけに俺は呼び出されたってわけか？」

「布施さんが電話しろと言うので……」

鳩村は布施を見た。

「おまえは休日だというのに、なんで局にいるんだ？　それに栃本も……」

布施が編集モニターを指さした。

「まあ、これを見てください」

今まで彼らが見ていた映像が静止している。スタッフが早戻しした。そして再生する。ある与党の大物議員の映像だった。何かのパーティーのようだ。挨拶のために登壇しようとしたその政治家は、つまずいてよろけた。

それを支えようとしたパーティーの関係者を巻き込んで、彼は壇上でひっくり返った。慌てて駆け寄った係員らしい男性も、どういうわけか転んでしまい、壇上では三人の男がもつれるように倒れていた。

起き上がろうともがく姿がおそろしく滑稽だった。その議員は閣僚で、尊大な態度で野党をこき下ろしたり、マスコミを批判したりするタイプなので、余計におかしかった。

鳩村も思わず笑ってしまった。

「何だ、これは……」

「地元の祝い事に出席した議員のアクシデントですね」

「これを見せるために、わざわざ俺を呼んだのか？」

「一見(いっけん)の価値があると思いませんか？」

「まあ、たしかにな……」

「これ、使えるやろ」

栃本の言葉に、鳩村は驚いた。

「使う……？　これをオンエアするというのか？　冗談じゃない」

「なんでです？」

「だって、この映像を使う理由がないじゃないか。議員をただ笑いものにするためだけに使うわけにはいかない」

「国会答弁と絡めて使えばええんとちゃいますか？」

「そんなことはできない。答弁そのものを茶化していると取られる」

「茶化したらええやないですか」

「報道を何だと思っているんだ。お笑い番組じゃないんだぞ」

「私が関西者（かんさいもん）やからお笑いっちゅうのは、短絡的でんな」

「何でも茶化せばいいと考えるのは、お笑い芸人が悪ふざけをするバラエティーと変わらないじゃないか」

栃本は肩をすくめた。

「ほな、この映像は使わへんのですか？」

「当然、使えない。理由もなく閣僚を笑いものにするわけにはいかないんだ」

栃本と布施が顔を見合わせた。

その二人の態度が気になったので、鳩村は尋ねた。

「何だ？　俺が何か変なことを言ったか？」

布施がその質問にはこたえず、栃本に言った。

「ねえ？　やっぱり俺が言ったとおりでしょう？」

「ほんまやね」

　鳩村は布施に言った。

「何が、言ったとおりなんだ？」

「デスクは、こういうネタは絶対に採用しないって……」

「当たり前だ。報道にはモラルが必要だ。ウケればいいというもんじゃない」

「ウケればええんですわ。所詮、テレビやし」

「所詮、テレビ」という言い方にかちんときた。

「『ラストニュース』ではどうか知らないが、私がデスクでいるうちは、『ニュースイレブン』では下品なスキャンダルや人を笑いものにするようなネタは、絶対に認めない」

　栃本がかぶりを振った。

「あかんなあ……。それじゃあかんのや」

「何が、いけないんだ？」

「そういう方針やから、数字が落ちてきてるんとちゃいますか？　私がＫＴＨから呼ばれた理由を考えはったらわかりますやろ」

「油井局長が考えていることなど、私にわかるはずがない」

　本当はわかっていた。油井はもともと報道畑ではない。そして根っからのテレビマンだ。つまりそれは、視聴率至上主義だということを物語っている。

　少なくとも、鳩村から見ればそうだ。

「人の興味ゆうのは、もともと下世話なもんちゃうんですか。視聴者がそれを求めてるんやさかい、それにこたえるんがテレビの役目でっしゃろ」

「報道の役割は、それとは別だと思う。マスコミには、娯楽だけでなく、教育や警鐘（けいしょう）といった役割がある」

「たてまえ言うたかて、始まらしまへん。私らの世界は数字取ってなんぼや。上等なこと言うたかて、数字取らな相手にしてもらえまへん」

　たしかに現実はそうかもしれない。

　視聴率がいいとやりたいことができる。逆にどんなに崇高な理念を掲げようと、視聴率が悪ければ番組は打ち切りになる。

　それが民放局の宿命だ。そして、視聴者の要求というのはたいてい、栃本が言うように下世話なものだ。

　一九六〇年代から七〇年代にかけて、低俗番組が視聴率を稼ぎまくった時代があった。今も実情はそれほど変わっていない。スポンサーの顔色を見て自主規制が強まっただけだ。

　そう。民放各局の自主規制は、視聴者を慮（おもんぱか）ってのことではない。あくまでもスポンサー対策なのだ。

鳩村は、民放がどういうところかは、嫌というほど知っている。だからといって、それを甘んじて受け容れるのは嫌だ。

マスコミにおける報道の役割とは何か。報道にとって何が大切なのか。それを常に考えていなければならないと思う。

大げさに言えば鳩村は、報道局の良心でありたいと思っているのだ。

そう思う人間がいなければ、日本の報道機関はだめになってしまう。鳩村は本気でそう考えているのだ。

「数字は大切だ。それは私にもよくわかっている。だが、私たちはそのためだけに働いているわけじゃない。『ニュースイレブン』では、報道のありかたを常に検証していきたい」

どんな反論をしてくるかと待ち構えていたが、栃本はにっと笑って言った。

「さすが鳩村さんや。筋が通ってはる。ほな、この映像のことはなしにしますわ」

鳩村は肩すかしを食らったような気分になった。

「じゃあ、こっちはどうです？」

布施が言って、コンソールのスタッフにうなずきかけた。別の映像が再生される。

雑踏が映っている。どこかの駅前だろうか。

行き交う人に、ビラを配っている男女の姿があった。

彼らの年齢は六十代だろう。疲れ果てたような様子が見て取れる。

ただそれだけの映像だ。事件でも事故でもない。

見終わると、鳩村はぽかんとした顔で布施に言った。

「これは何だ？」

「ご両親です。町田の事件で殺害された大学生の……」

「そういえば、まだ情報提供を求めてビラを配っているということだったな……」

「犯人情報に、退職金をはたいて懸賞金を出すと言っているらしいです」

「いくらだ？」

「三百万円」

栃本が目を丸くした。

「そりゃ大金でんな」

鳩村はうなずいた。

「たしかに、個人が用意する金としては大金だな」

「誰が用意しても大金は大金や」

「それだけ情報がほしいということだろうな」

鳩村は布施に言った。「だが、この映像が何だと言うんだ？」

「これを番組で流して情報提供を求めれば、有力な手がかりが見つかるかもしれません」

鳩村は驚いた。

「おい、『ニュースイレブン』は、バラエティーじゃないんだ」

バラエティー番組で、未解決事件の詳細を放送して情報を求め、実際に事件解決に寄与した例がある。

だが、それをニュース番組でやるわけにはいかないと、鳩村は思っていた。

栃木が言った。

「バラエティーでできることが、なんでニュース番組で、でけへんのやろ」

「報道とバラエティーをいっしょにはできない。どうしてそれくらいのことがわからないんだ」

「わかりまへんな。どっちもテレビ番組やないですか」

そもそも価値観が違うのだから、議論の余地はないと鳩村は思った。普段は、意見が嚙（か）み合わないときは、徹底して話し合うべきだと考えている。

だが、発想の前提が違う人間とは話し合うだけ無駄だとも思っている。

数字さえ取れれば何をやってもいいという相手に報道の理念を語っても始まらない。

また、栃木は、あれこれ言う前に視聴率を上げてみろと考えているに違いない。

話をしても平行線のままだろう。

鳩村は布施に言った。

「この事件の継続捜査、黒田さんが担当するんだったな」

「そうです」

「それで関心を持ったというわけか？」

「違いますよ。俺、ずっと遺族のことを気にしていたんです」

「ずっと気にしていた？　それをたまたま黒田さんが担当することになったというわけか？　それは信じがたいな……」

「でも、実際そうなんですから……」

鳩村は怪訝な思いで尋ねた。

「これは何か、特別な事件なのか？」

「特別な事件？　事件に特別もへったくれもないでしょう。事件は事件ですよ」

「特別な事件というのは、有名人とか話題性がある人物が絡んでいたりする事件のことだ」

「いや。そういう話は聞いたことがないですね」

「じゃあ、関心を持ったのはなぜだ？」

「被害者の福原亮助は一人息子だったそうです」

「今どきは、一人っ子は珍しくない」

「たった一人の子供を殺された親って、やりきれないでしょうね。だから、三百万円もの金を注ぎ込んで、なんとか犯人を見つけ出そうとしているんです」

「そうだろうな。だが、それがどうしたと言うんだ」

「両親の立場になって考えてください。せめて、早く犯人を見つけてやりたいと思いませんか？」

「それは私たちの役目じゃない」

「でも、テレビはその力を持っているんです。若い人はテレビを見なくなったなどと言われていますが、それは間違った認識です。彼らは、スマホのワンセグやパソコンを使ってテレビを見ている」

「だが、リアルタイムで番組を視聴する人口は間違いなく減っている」

「最盛期より減っているということでしょう。減少したとはいえ、まだまだ視聴者の数は膨大なんです。そして、それこそがテレビの力なんですよ」

「まあ、たしかにな……。ニュースはテレビに取り上げられて初めてニュースになると言った人がいた。それは、まだテレビが勢いのあった時代のことだが、今でもその言葉は通用すると思う」

鳩村の言葉に、栃本が同意するように言った。

「日本で有名人ゆうたら、テレビに出てる人のことや。VIPかどうかも、テレビに出てるかどうかで判断するんや。テレビに出てへん文化人なんぞは、顔知られてへんから、VIP扱いされへんのや」

「まあ、そういうこともあるな。だからまあ、おまえが言うとおり、まだまだテレビには力があるということなんだろう。だからこそ、報道マンは注意しなければならないんだ」

その言葉に反応したのは、布施ではなく栃本だった。

「注意？　どんな注意が必要なんやろか」

「その影響力を間違った形で使うことのないように注意しなければならない」

「間違(まちご)うた形……」

「たしかに布施が言ったとおり、テレビには力がある。その力を利用すれば、作為的に誰かを抹殺することも可能だ」

「それは、テレビに限らず、週刊誌でも同(おんな)じでっしゃろ」

「言っただろう。テレビが取り上げて初めてニュースになるんだ。週刊誌で取り上げただけじゃどんなスクープでも全国民的な大ニュースにはならない」

「なあるほどなあ……」

栃本が言った。「いや、さすがに『ニュースイレブン』のデスクや。勉強になりますわ」

その言葉がわざとらしく聞こえた。だから鳩村は、栃本を無視するように布施に言った。

「おまえは、そのテレビの力を犯罪被害者の遺族のために役立てようというわけだな？」

「そういうことですね」

「それは考えが足りない」

「どうしてです？」

「すべての殺人事件には被害者がいる。そしてその多くには遺族がいるんだ」

「わかっています」

「いや、わかってないな。この町田の事件の遺族を『ニュースイレブン』が特別扱いする理由がないんだ。この事件の遺族を救っても、それ以外の殺人事件の被害者の遺族を救うことにはならない」

「事件が一つでも多く解決できればいいじゃないですか」

「いや、影響力を考えれば、そうはいかないんだ。適当に事案を選んで取り上げたと、視聴者に思われてしまう」

「でも、バラエティーでは特定の事件だけを取り上げていますよ」

「だから、バラエティーと報道は違うと言ってるんだ」

「どう違うんです？」

「報道には客観性がなければならない。遺族はたしかに気の毒だが、報道マンが特定の遺族に感情移入するわけにはいかないんだ。客観的に報道するためには、事実から適度な距離を置かなければならない」

それを聞いて、栃本が言った。

「血の通わん報道は、どうかと思いますがな」

「血が通うとか通わないとかいうのとは、別問題だと思う。報道には公平性が必要だ」

「公平かどうかは、誰が決めますの？」

「報道マン自身が判断する。そこに責任が生じる。もし、特定の遺族のことだけを報道して、何か問題が生じたら、その責任をどうやって取るんだ？」

「じゃあ、この映像もボツということですね？」

布施の質問に鳩村は、きっぱりとこたえた。

「『ニュースイレブン』では使えない」

「わかりました」

布施は言った。「映像のことはなかったことにしてもいいです」

おや、と鳩村は思った。

妙に聞き分けがいいな。

それが意外だった。何事においてもいい加減に見える布施だが、実はけっこう頑固でしぶといのだ。一度何かを思い込んだら、決して後へは引かないようなところがある。諦めがよすぎる。何かあるのではないか。

鳩村がそう思ったとき、布施が時計を見て言った。

「あれ、もう昼を過ぎてるんだ。昼飯食べに行きません？」

「ええな」

栃本がすぐに応じた。「実は腹減ってましてん」

「俺は帰るぞ」

鳩村は言った。「たいした用でもないのに、休日に呼び出されたんだ」

布施が言った。

「帰ったって、別にやることはないんでしょう？」

「休息も仕事のうちだ」

「昼飯を食べてから休息すればいいじゃないですか。行きましょうよ」

「せや」

栃本が言う。「どうせお昼食べはるんでしょう？　いっしょにどないです？」

しょうがないな……。

るわけではない。

鳩村は思った。まあ、布施が言ったとおり、帰ったところで特に急いでやることがあるわけではない。

いっしょに行ったからといって、まさか奢(おご)らされることはないだろう。

こういうとき、きっぱりと断れないのが自分の弱点だと思いながら、鳩村は言った。

「じゃあ、どこに行こうか」

布施が嬉しそうに笑顔を見せた。

4

谷口勲巡査は、警視庁本部庁舎の六階で、いつものとおり古い捜査資料をめくっていた。

土曜日なのだから休みたかった。だが、当番では仕方がない。

昔は土曜日は半休だったが、今は日勤の職員は週休二日だ。

これは、捜査一課などの刑事も同じだが、彼らが勤務時間どおりに帰宅できることはまずない。

事件が起きたらすぐに駆り出される。捜査本部ができれば、二週間は帰れないのを覚悟しなければならない。

さすがに、谷口が所属する特命捜査対策室ではそのようなことはないが、当番からは逃げられない。

谷口は黒田裕介部長刑事の下についており、黒田も当番だった。

無愛想なこの先輩刑事は、とにかく真面目で、資料を何度も徹底的に見直す。その集中力は執念と呼んでもいいと、谷口は思っていた。

黒田がそうだから、谷口もいい加減なことは許されない。そういうわけで彼は、朝から同じ資料を何度も見返していた。

警察には「現場百遍」という言葉があるが、さしずめ黒田は「資料百遍」だと谷口は思っていた。

今回担当になった町田の事件は、典型的な行きずりの犯行で、捜査は難航し、結局発生後十年経った今も犯人は特定できていない。

日本の殺人の検挙率は九割を超えていると言われる。この数字だけを見ると、世界でもトップレベルだが、それが実情を反映しているかというと、少々疑問だと谷口は思っている。

それは警察官なら誰でも思っていることだ。

殺人の検挙率というのは、あくまで認知された事件に対する検挙の割合だ。

一年間に殺人と認知される事件は、おおざっぱに言って千件。そして、検挙率は九十五パーセント程度だ。

一方で、警察が取り扱う年間の死体の数はというと、約十七万体もある。そのうち、明らかに犯罪性のあるもの、犯罪性があるとみなされ検視に回されるものは二万件ほど。

つまり、殺人と認知される事案の二十倍あるわけだ。

検挙率九十五パーセントというのは、たしかに日本の警察の優秀さを示していると、谷口は思っているが、実際、検挙されているのは、犯罪性を疑われる遺体の数の五パーセントに過ぎないということだ。

もし、検挙されていない残りのものが殺人事件だとしたら、その犯人は普通に暮らしているということになる。

もっとも、それは最悪の場合であり、犯罪性を疑われる遺体のすべてが殺人事件というわけではない。

殺人事件でもっとも捜査が難しいのが行きずりの殺人だ。被害者と加害者との間に人間関係がなく、鑑取りができないのだ。

地取りと遺留品捜査が中心となるが、それには限界がある。最近は、防犯カメラの設置が進み、それが逮捕のきっかけとなるケースが増えてきたが、まだ防犯カメラがそれほど多くなかった時代の行きずりの殺人事件は迷宮入りすることが多かった。

二〇一〇年に、殺人罪や強盗殺人罪の「人を死亡させた罪であって死刑に当たる罪」については、公訴時効が撤廃されたため、いわゆる迷宮入りはなくなったことになる。

しかし、事実上は迷宮入りと変わらない殺人事件は依然としてあるのだ。犯罪の証拠は、時間の経過に従い急速に失われていくからだ。

人々の記憶も薄れていく。実際、記憶とは曖昧(あいまい)なものだ。ただ不確かなだけでなく、人はたやすく記憶を書き換えてしまうのだ。

いわゆる思い込みで記憶が改竄されることもあれば、他人に言われて変化してしまうこともある。

継続捜査で、もし何か新たな証言が出てきたとしても、無条件に喜ぶわけにはいかない。証言者の記憶が改竄されている恐れがあるからだ。

谷口は、そうしたことも、黒田の下についてから学んだ。

警視庁本部に異動になる前は、綾瀬署の刑事課にいた。綾瀬署刑事課の仕事は激務だった。まともに休みを取った記憶がない。

足立区は犯罪が多く、とても綾瀬署や西新井署、千住署だけでは足りないので、竹の塚署を新設した。すると、区全体の検挙数が跳ね上がったという。

それまで認知されなかった犯罪が、竹の塚署の増設によって認知・検挙されるようになったからだと聞いたことがある。

嘘か本当か知らないが、とにかく警察官が多忙な地域だったことは間違いない。その頃はあまりに忙しくて、証言の信憑性だの、証拠の有効性だのをちゃんと考える暇などなかった。

今思えば、よく冤罪事件など起こさなかったものだ。自供を取るため、乱暴な取り調べをする先輩を眺めながら、別に間違ったことをしているとは思わなかった。

とにかく、眠ることと食べることしか考えていなかった。先輩刑事にこき使われ、いつも寝不足で、なおかつまともに食事をとる時間もないので腹を空かせていた。いや、ちゃんと捜査のことを考えなかったのは多忙のせいばかりではない。当時、谷口は間違いなくやる気がなかった。

仕事に前向きなら、どんなに忙しくてもそれほど辛くはなかっただろう。当時の谷口は、ただ振り回されていただけなのだ。本部庁舎に来て黒田の下につき、初めてまともに仕事のことを考えるようになった気がした。

ファイルを閉じる音がした。見ると、黒田がぼんやりと宙を眺めている。

谷口は尋ねた。

「何か見つけましたか？」

黒田は、宙に眼をやったままこたえる。

「いいや。何にも見つからねえな」

黒田は、どちらかというと無口なほうだ。席にいるときは、たいてい何かを読んだり、パソコンに向かって何かを打ち込んだりしていることが多い。

谷口は、昨日から疑問に思っていたことを尋ねるいいチャンスだと思った。

「昨日の布施さんには驚きましたね」

「布施……？」

黒田が谷口のほうを見た。

「ええ。『かめ吉』で……。町田の大学生刺殺事件を担当することになったのは、昨日のことですよ。布施さんはその日のうちにそれを嗅ぎつけたことになります」

「ふん。別に不思議はねえさ。理事官なんかは口が軽いからなあ」

谷口は、そっと周囲を見回した。ウィークデイではないので、人はまばらだ。係長や管理官の姿もない。ましてや理事官がいるはずはない。

「理事官がしゃべったということですか？」

「たぶん、記者クラブの番記者が嗅ぎつけて、布施はその番記者から聞いたんだろう。だとしたら、情報の出所は理事官あたりだろうよ」

それはどうかわからない。直接尋ねるわけにもいかない。

理事官は課長のすぐ下だ。谷口から見れば、まず係長がいて、その上に管理官がおり、さらにその上ということになる。口をきくことさえはばかられるのだ。

「何かつかんでいるんでしょうかね……」

「どうしてそう思う」

「だって、わざわざ声をかけてきて、自分らが担当になったことを確認したわけでしょう？　事件に関心を持っているということじゃないですか」

黒田はふんと鼻で笑った。

「関心なんてなくても、とにかく話題を振ってみる。それが、記者ってもんだよ」

「関心がなくても……？」

「そうだ。俺たちに話しかけるきっかけとして、事件のことを持ち出したのかもしれねえよ」

「話しかけるきっかけ……」

「記者は常に俺たちと話をしたがっている」

「もしそうなら、布施さんはもっと話を続けようとしたでしょうね」

「何だって？」

「昨夜、布施さんは、自分らが町田事件の担当になったとわかると、すぐに席を離れていきました。明らかに、町田事件のことを確かめたかったんです」

　黒田はちょっと考え込んだ。やがて、彼は言った。

「だとしたら、それはどうしてだろうな……」

「何か知っているのかもしれませんね」

「犯人を特定できていない未解決事件だ。布施が何を知っているというんだ」

「それはわかりませんよ。布施さんに訊いてみたらどうです？」

「刑事から記者に声をかけるってのか。そんなことをしたら藪蛇（やぶへび）になりかねない」

「布施さんは、特別なんじゃないですか？　これまでも、ずいぶんと情報提供してもらったし……」

「あいつの情報提供は、こちらから何かを引き出すための呼び水なんだ。油断はならねえ」

「でも、捜査に役立つこともありました」

「その前にやることがある」

「何です？」

「被害者には両親がいたな？　まず、その二人に話を聞いてみたい。布施の件は、その後だ」

「わかりました。被害者の両親ですね」

谷口は、自分のノートをめくりはじめた。普通の大学ノートで、まだ新しい。これから、事案についてのさまざまな情報やメモが書き込まれていく。

そのノートの最初のページに、被害者宅の住所と電話番号が記されている。

「両親の住所は、千葉県の松戸市ですね。行ってみますか？」

「相手は被疑者じゃないんだから、アポを取っておけ」

「了解しました」

谷口は、電話をかけた。時刻は午前十一時を過ぎたところだ。

「あれ、現在使われておりませんって……」

「固定電話か?」

「はい。自宅の固定電話です」

「セールス電話が多いので固定電話は解約するという人もいる。携帯電話はわかるか?」

「父親のほうなら……」

「そっちにかけてみろ」

言われたとおりにした。すると、呼び出し音七回で相手が出た。

「はい……」

「あ、こちらは警視庁の谷口といいます。福原さんですか?」

「警視庁……。何か進展があったのですか?」

「いえ……。継続捜査の担当が代わったので、お知らせしようと思いまして」

「そうですか……」

相手が明らかに落胆したのが、声の調子でわかる。

「お会いしてお話をうかがいたいのですが……」

「こちらもぜひお話がしたい。いつがいいですか?」

「できるだけ、早いほうが……」

「今日は夕方には引きあげるつもりですが……」

「引きあげる？　今どちらですか？」

「町田です。駅前でビラを配っています」

「お住まいは松戸ですね？」

「松戸の自宅は引き払って、町田のアパートに引っ越してきました。二年前のことです」

「本来なら、こちらからお訪ねするところなのですが、今日は当番で本部庁舎を離れられないのです。こちらに来ていただけませんか？」

「わかりました。何時がよろしいですか？」

「夕方までビラ配りをされるのですね？」

「時間が決まっているわけではないので、早めに切り上げることはできます。午後四時頃に警視庁をお訪ねするということで、いかがですか？」

「それでけっこうです。ご足労をおかけしますが、よろしくお願いします」

「わかりました」

「では、後ほど……」

谷口は電話を切って、今の話の内容を黒田に告げた。

「ビラ配りか……。事件後、ずっと続けているのかな……」

「そうなんでしょうね。松戸から町田に引っ越してきたのも、情報集めの活動のためなんじゃないでしょうか」

黒田は顔をしかめた。

「未解決事件の継続捜査を手がけていると、時々そういう遺族に出会う。責任を感じざるを得ねえよな……」

黒田は、見た目は怖そうで、とっつきにくいが、付き合っているうちに、実はけっこうナイーブだということがわかってきた。

強面（こわもて）はカムフラージュなのではないかと谷口は思った。あるいは、刑事をやっていく上での黒田なりの工夫なのかもしれない。犯罪者や反社会的な集団の構成員などになめられては仕事にならないのだ。

「十六時だな？」

黒田が言った。「話が聞ける場所を押さえておけ」

「取調室でいいですか？」

「ばかやろう。被害者の遺族だぞ」

谷口は首をすくめる。

「すいません。どこか部屋を押さえます」

被害者の両親は、時間どおりに受付にやってきた。谷口は一階受付まで彼らを迎えにいった。

二人とも、ずいぶんと日焼けをしていた。おそらく毎日駅前でビラ配りを続けているからだろう。

資料によると、事件当時父親の福原一彦は五十三歳だった。今は六十三歳ということになる。

母親の祥子は現在六十歳のはずだ。

二人とも、年齢よりも老けて見えた。身なりはきちんとしているのだが、おしゃれとは程遠く、着る物に関しては無頓着なことがわかる。

おそらく、一人息子を殺した犯人のこと以外にはまるで関心がないのだろうと、谷口は思った。

彼らを小会議室に案内した。テーブルと椅子があるだけで、奥のほうは物置に等しい部屋だ。警視庁内にはこのような部屋がいくつもある。

谷口は黒田を呼びに行くついでに、お茶の用意をした。今でも刑事は「お茶くみ三年」などと言われる。新任の刑事は、三年間は先輩たちのお茶をいれろ、ということだ。

お茶を出し終えると程なく、黒田がやってきて言った。

「お忙しいところ、ご足労いただき、申し訳ありません。事件を担当します黒田です」

「いえ……。もしかして、何か新たな事実がわかったんじゃないですか？」

黒田がこたえた。

「担当が代わったので、あらためてお話をうかがおうと思っただけです」

「谷口さんもそうおっしゃっていたのですが、ひょっとしたら、と思いまして……。記者さんも訪ねてきましたし……」

黒田の目つきが鋭くなった。

「記者？　新聞記者ですか？」

「いいえ、テレビ局の記者だということでした」

「どこの記者です？」

「TBNです」

「もしかして、布施という記者ですか？」

福原一彦は驚いたような顔で言った。

「そうです。どうしておわかりになったのですか？」

黒田は、それにはこたえずに、さらに質問した。

「布施という記者が訪ねてきたのはいつのことですか？」

「昨日の夕方頃です。駅前から引きあげようとしていたところ、声をかけられました。記者さんが訪ねてきたり、刑事さんから連絡があったりしたら当然、何か新事実が見つかったんじゃないかと期待するじゃないですか」

たしかに福原一彦の言うとおりだ、と谷口は思った。

そして、布施はいったい何のために二人に会いに行ったのだろうと考えた。もしかしたら、やはり布施は何かをつかんでいるのかもしれないと、福原一彦と同じような期待をしてしまいそうだった。

5

黒田は言った。

「残念ながら、新たな事実が見つかったということではないのです」

福原一彦は、落胆した表情で言った。

「そうですか……。妻は、何かわかったのかもしれないと言ったのですが、私はたしなめました。あまり期待しないほうがいいと……。そう言いながら、私も実は期待していたのです」

事件から十年。世間では事件は風化していく。町田大学生刺殺事件と聞いても思い出せる人のほうが少ないだろう。

だが、遺族たちは忘れることはできないのだ。彼らの中では、事件はまだ続いている。

両親の落胆ぶりが痛々しくて、とても見ていられない気分だった。だが、眼をそらすわけにはいかないと、谷口は思った。

黒田はあくまでも事務的な態度で言った。

「あらためて事件のことをうかがいたいのですが、よろしいですか？」

福原一彦がこたえる。

「もちろんです」

「亮助さんは、ご友人と町田市内で酒を飲んでいた。その帰り道で被害にあわれたわけですね？」

「はい」

「通報が、午後十一時三十五分。被害にあったのは、その五分ほど前だったと記録にあります」

「私どもも、そう聞いております」

「アパートへの帰り道で、何者かと口論になり、刃物で刺された……。死因は失血」

「もう少し手当てが早ければ助かっただろうと言う人もいました」

そうかもしれないと谷口は思った。

失血死の場合、遺体は死後に発見されることが多い。死亡に至るほど血液を失うにはそれなりに時間がかかる。

亮助は運が悪かったと言えるかもしれない。だが、遺族の前で「運が悪かった」などとは口が裂けても言えない。

福原一彦の口調は淡々としていた。

黒田が事務的な態度なので、まるで区役所か何かで手続きをしているような雰囲気だ。どこか不自然だと谷口は感じた。

不自然であってもそれが現実なのだ。

遺族の中では事件は風化しないのはたしかだ。だが、十年の歳月を経ていることも事実なのだ。

その間に、いろいろなことがあり、さまざまなことを考えたに違いない。

決して風化はしない。だが、どこかで折り合いをつけなければならないのだ。

黒田の質問が続いた。

「事件の夜にいっしょに酒を飲んでいたというご友人は三人。いずれも同じ大学の同じ学科に通う人たちでしたね」

「はい」

「彼らをご存じでしたか?」

「いいえ。離れて暮らしていましたから、大学での友達には会ったことがありませんでした」

「亮助さんは、大学に入るときに家を出られたのですか?」

「そうです。無理をすれば松戸から通えないことはなかったのですが、通学の時間がもったいないし、一人暮らしもしてみたいと、本人が言うので……」

「十年間、ずっと町田の駅前でビラ配りをされているのですか?」

「事件が起きてからしばらくは、何がなんだかわからないありさまでした。警察から何度も話を聞かれ、マスコミが大勢押しかけてきて、どうすることもできませんでした。捜査本部ができたので、事件はすぐに解決するものと思っていました」

黒田は無言でうなずき、話の先をうながした。

うなずくしかないよなあ。

谷口はそんなことを考えていた。

福原一彦が言葉を続ける。

「二週間経っても犯人は捕まりませんでした。そうなると、捜査本部は縮小されるのですね。私どもは、犯人が捕まるまで警察が全力で捜査してくれるものと思っていました。しかし、それまで五十人ほどいた捜査本部がたったの五人ほどになったと聞いて驚いたものです」

「それは、当時の捜査員からお聞きになったのですか?」

「いいえ。記者の方から聞きました。警察は何も教えてくれませんでした」

その言葉に非難の響きはなかった。ただ事実を述べているだけといった口調だ。

おそらくもう、非難する気にもなれないのだろう。それが十年という歳月だと、谷口は思った。

「それから、どうされました？」

「警察から連絡がなくなり、こちらから問い合わせても、進展はない、と言われるだけになりました。マスコミはすぐに、事件に関心を示さなくなりました。マスコミが取り上げないということは、世間から顧みられないということです。つまり、もうそんな事件はなかったのと同じことになるのです」

「たしかにマスコミは次々と新しい事件に飛びつきます。それが仕事ですからね」

「私は息子を失って絶望し、その事件が世間から忘れられていくことにまた絶望しました。事件から一ヵ月ほど経った頃、私は決意しました。警察もマスコミも頼れないのなら、自分自身で何とかしようと……。妻に話したら、いっしょにやろうと言ってくれました。しかし、私ら夫婦にできることは限られています。二人で歩き回ってもなかなか結果は得られないでしょう。ですから、駅前でビラを配ることにしたのです」

「なるほど……」

「当初は、支援してくれる人たちもいて、十人くらいでビラ配りをしていましたが、月日が経つうちにそういう人たちも姿を消し、今では私たち二人でやっています」

犯罪被害者を支援してくれる団体にとっても、また個人で応援してくれる人たちにとっても、十年は長すぎる。

消えていった支援者たちを、決して非難はできないと、谷口は思った。

誰も、捜査がそんなに長引くとは予想しなかったのだ。検挙の予想など立つものではない。

もちろん、捜査員たちはできるだけ早く犯人を捕まえようと、最大限の努力をしている。殺人事件に対して刑事が手を抜くことなどあり得ないのだ。

それでも、なかなか事件が解決しないことはある。

「情報に懸賞金を出されましたね」

黒田が尋ねると、福原一彦は相変わらず淡々とした口調でこたえた。

「退職金を貯金しています。そこから払おうと思っています。捜査手段のない私たちは、金に頼るしかありません」

「まだ支払われていないということですね？」

「はい。犯人逮捕につながる有力な情報に支払うという条件です」

「犯人が逮捕された後に支払われるということですね？」

「でなければ、金をただ取りされてしまいますよ。偽情報が次々と舞い込んできますからね」

「これまでも、偽情報が？」

「もちろんです。犯人を知っているという電話が何本来たことか……」

「それが偽情報かどうか、どうしてわかるのですか？」

「事実関係を確認すればわかります。電話をしてくる連中は、たいていはテレビのニュースを見ただけです。新聞を読むのはマシなほうですね。ですから、事件に関する事実を細かく質問していくとボロが出るのです」

「そうした電話への応対でも消耗しますね」

「電話が鳴るたびに思います。犯人についての情報じゃないか。今度こそ、本当の情報じゃないか、と……」

福原一彦の表情に変化はない。

その表情の乏しさが、谷口は気になった。

犯罪被害者の遺族、特に殺人事件の遺族は、もっと感情を露わにするものと思っていた。

実際、これまで谷口が関わった被害者の遺族は、たいていはそうだった。

怒り、悲しみ、喪失感……。

どんな感情かは、そのときによって違う。だが、必ず心の激しい揺れが見て取れるものだ。

だが、福原一彦と祥子にはそれが感じられない。やはり、十年の歳月のせいだろうか。

谷口はそう思った。

「言い訳がましく聞こえるかもしれませんが……」

黒田が言った。「警察も手をこまねいているわけではありません。たしかに、二週間経って事件が解決しない場合は、捜査本部は縮小されます。それは、二週間を過ぎると、証拠も証言も集まりにくくなるからです。初動捜査が勝負なのです」

「わかっております」

福原一彦の口調は穏やかだ。……というより、感情が抜け落ちているようだった。

「いつまでも大人数の捜査本部を維持していたら、警察はたちまちパンクしてしまいますよね。大人数による集中的な捜査は、短期間だから可能であることはよく理解しています」

理解していると言いながら、決してそうではない。谷口はそう感じた。おそらく黒田も同様に感じているはずだ。

だからこそ、黒田はすぐに言葉を続けられなかったのだ。

短い沈黙があった。

やがて、福原一彦が言った。

「警察の方には異動や昇進があり、十年も同じ事件に関わるわけにはいかないのでしょう。それでも、こうして新たな担当者がついてくださることには感謝しなければならないと思います」

黒田が尋ねた。

「TBNの記者について教えてください」

「記者について……？」

「彼はどんな質問をしましたか？」

「まず、私たち夫婦の日常について尋ねられました。何時頃起きて、それからどういう日課を過ごすのか……」

「どうおこたえになったのですか？」

「そのままをお教えしましたよ。朝六時頃起きて、テレビのニュースを見て、新聞を丁寧に読みます。それは事件が起きて以来ずっと変わらない習慣です。それから朝食をとり、妻と二人で歩いて駅にやってきます。アパートから駅までは徒歩で十分ほどです。それからビラ配りをして、近くのファミレスやファストフード店などで昼食をとります。夕食も外でとることがあります。通勤ラッシュが終わるまでビラ配りをして、自宅に引きあげ、またテレビのニュースを見て、夕刊を読みます。その繰り返しです」

「ビラはどのようにして作るのですか？」

「ネットで印刷サービスを頼みます。自宅まで宅配で届けてくれます」

「他のことは考えられないのでしょうね」

「考えられません」

「布施は、他にどんなことを質問しましたか？」

「病気をしたことはないかと……」

「病気……？」

「風邪を引いてビラ配りを休んだりしたことはなかったか、あるいは、持病はないかと訊かれました」

「どうなんです？」

「幸い、私も妻も今のところ持病はありません。大きな病気をしたこともありません。風邪を引くことはありましたが、それほど重くなった記憶はありません。ビラ配りを始めてから、欠かしたことは一日もありません」

この言葉に、谷口は驚いた。

どんな仕事だって十年も勤めていれば、病欠くらいはあるだろう。一日も欠かしたことがないというのは、どこか尋常ではない気がした。

執念とでもいおうか、異様な思いを感じる。

「その他には……？」

「生活は苦しくはないかと尋ねられました。夫婦が食べていくだけですから、別に苦しいことはないとこたえました。事実そのとおりです。家を売った金もありますし、退職金もあります。情報に対する懸賞金を別にしても、まだまだ金はあります」

「なるほど……」

「親戚付き合いについても尋ねられました」

「親戚付き合い……？」

「あと、ご近所との関係についても……。どちらも、興味がないというか、関わる必要がないので、私たちからは連絡を取ろうとはしません。ご近所の方々ともお付き合いはないですね」

「親戚の方やご近所の仲間が助けてくれることもあると思いますが……」

　福原一彦は、無表情のままかぶりを振った。

「事件が起きてすぐの頃には、そういうこともありました。しかし、十年も経つと、誰も見向きもしません。ビラ配りをして情報収集をする私たちを変人扱いするだけです」

「変人扱い、ですか……」

「みんなの考えていることはわかります。いい加減、諦めればいいのに……。いくら情報を集めたところで、息子は戻ってこないのだから、昔の出来事とは折り合いをつけて生きていくべきだ……。私たちに接する人たちはみんな、そう考えているに違いないのです」

「それは被害妄想じゃないですか？　あなたたちの力になってくれる人は必ずいるはずです」

「そう信じていた時期もあります。しかし、それも昔の話です。今は私たち二人しかいないのです」

「忘れてもらっては困ります。私たちが捜査を継続するのです」

「制度上、そういうことになっているのでしょう？　死刑に相当する罪の公訴時効が撤廃されたので、継続捜査をする部署を作らなければならなかった……。それで、形式的に捜査を続けるということでしょう」

十年にわたり事件に関わっていると、警察の内部事情もいろいろとわかってくるようだ。たしかに、福原一彦が言うような一面はあるかもしれない。

法律が変われば、それにたずさわる警察の仕組みも変わってくる。

「見くびってもらっては困りますね」

黒田が言った。福原夫婦は、無言で黒田を見返していた。

黒田が言葉を続ける。

「私が担当するからには、形式だけということはあり得ません。必ず解決するつもりでやりますよ」

福原一彦はそれでも感情を表に出そうとはしなかった。それは妻の祥子も同様だった。彼らは、喜怒哀楽を忘れてしまったかのようだ。

それくらい疲れ果てているのだろうと、谷口は思った。

福原一彦は言った。

「頼もしいお言葉です。つい、期待してしまいそうになります」

「期待してくれていいですよ」

「いえ、私たちはもう期待はしません」

「ならば、どうしてビラ配りを続けておられるのですか？　事件が解決するという期待を持たれているからじゃないのですか？」

「そうではありません」

彼は抑揚のない声で言った。「私たちにはもう、それしかやることがないのです」

話は一時間ほどで終わり、福原夫婦は午後五時頃に警視庁から去っていった。

席に戻った黒田は、再び資料を読みはじめた。先輩が仕事をしているのにぶらぶらしているわけにはいかない。谷口も資料のファイルを開いた。

だが、なかなか内容が頭に入ってこなかった。

福原一彦の平坦な話し方と、感情を感じさせない眼差し（まなざし）が気になっていた。祥子のほうは終始何も言わずうつむいていた。

嘆き悲しむほうがよっぽどいい。谷口はそう思った。

もちろん、泣きわめく姿を見るのは辛い。だが、リアクションの取りようがある。

福原夫婦のようだと、何をどう言ってやればいいのかわからないのだ。

彼らは感動ということを忘れてしまったのだろうか。ひたすらビラを配り、何か新たな情報が手に入ることだけを考えて、日々が過ぎていく。

残りの人生をただそうやって過ごしていくのだろうか。

谷口は、そう考えるとひどくやるせない気分になった。

「いったい、何を考えているんだ……」

黒田の声がして、谷口は、はっと彼のほうを見た。

黒田は資料から顔を上げて、宙を見つめている。独り言のようなので、こたえようか迷ったが、とりあえず、反応しておいたほうがいいと思った。

「何の話です?」

黒田は同じ姿勢のまま言った。

「布施だ。あいつはいったい、福原夫婦に何を訊きに行ったのだろう」

たしかに黒田の疑問はもっともだ。谷口は言った。

「町田大学生刺殺事件に関心があることは間違いないですね。遺族に取材に行き、担当になった自分らに声をかけてきたんですから」

黒田が谷口のほうを見た。

「福原夫婦の日課を尋ね、健康状態を尋ねた……。そして、金の心配をして、親戚付き合い、近所付き合いについて訊いた。田舎のお袋じゃねえんだ」

「たしかに……」

「記者なら、もっとましな質問がありそうなもんだ」

「ましな質問って、どんな……」

「これまでどんな情報が寄せられましたか、とか、手がかりはないか、とか……」

「手がかりがあれば、警察に伝えているでしょう」

「どうかな。警察を信じていない口ぶりだったじゃないか。懸賞金を出すんだぞ」

「布施さんにも、そのへんのことはよくわかっているんじゃないですか」

「そのへんのことってのは、何のことだ」

「今さら事件のことを訊いても仕方がないと……。この十年の間に、マスコミからの質問は出尽くしているでしょうからね」

「問題はそこだ。質問が出尽くしているはずなのに、布施はなんで取材に行ったんだ？」

「ですから、本人に訊いてみればいいでしょう」

「そろそろ夕飯時だな。『かめ吉』にでも行ってみるか」

「土曜日は、『ニュースイレブン』のオンエアはありませんよ。休みなんじゃないですか」

「布施は記者だ。俺たちと同じで休みなどあってないようなもんだ」

「だからって、『かめ吉』に現れるとは限りませんよ。話をしたいのなら、電話してみてはいかがですか？」

「だからさ、普通は刑事のほうから電話なんてしないもんなんだよ」

「こちらも繰り返しますが、布施さんは特別なんじゃないですか？」

黒田は渋い顔でしばらく何事か考えていた。布施とは連絡を取り合いたい。しかし、
自分のほうから連絡するのは嫌だ。そう考えているのだろう。

そんな意地を張る必要はないのに……。

刑事だろうが記者だろうが関係ない。必要だと感じているほうから連絡を取ればいい
だけの話だ。

谷口はそう思ったが、そんなことは先輩に対して言えない。黙っていると、黒田は携
帯電話を取り出してかけた。

「ああ、布施か？　黒田だ。ちょっと話がある。これから会えないか？」

結局は、電話するのだ。迷っていないで、さっさとかければよかったのだ。

谷口は、心の中でつぶやいていた。

電話を切ると黒田が言った。

「あいつ、寝起きみたいだったな……。午後九時に六本木に来いということだ」

「六本木……？」

黒田は、ある店の名前を言った。

谷口は驚いた。

「それって、クラブですよね」

女性が接客するナイトクラブではなく、ダンスクラブのほうだ。

「そうなのか？」

「本当にそこで待ち合わせなんですか？」

「そうだよ」

「布施さんはそんなところで、何をしているんでしょう」

「週末だから遊んでいるんだろう。そういうやつだよ」

黒田は立ち上がった。「クラブじゃ飯は食えないだろう。今のうちに腹ごしらえしておこう」

6

TBNは乃木坂にあり、少し歩けば六本木のミッドタウンだ。だが、鳩村はミッドタウンなどで食事をする気にはなれなかった。

ああいう施設を作ろうと考えるのは、いったい誰なのだろうと、いつも不思議に思う。六本木ヒルズもそうだし、お台場や横浜のみなとみらいなども同様に感じる。人工的で、まるで迷路のようだ。人の動線よりもビルの配置を優先しているからだろう。

ミッドタウンは特に、やたら値段ばかり高くて、とても気軽に食事や買い物をできるところではないと思っていた。

布施がそのミッドタウンに向かうと知り、鳩村は言った。

「もっとましなところがいくらでもあるだろう」

「ランチのおいしい店があるんですよ。特にハンバーグが」

「ハンバーグならもっと安くてうまい店がいくらでもある」

「一度食べてみてくださいよ。クラシックバーガーもおいしいですよ」

「そういうジャンクなものばかり食べているから、いつまでたっても大人になれないんじゃないのか」

「え、俺、自分のことを立派な大人だと思ってますけど」

「立派な大人というのは、もっと社会性を持っている者のことを言うんだ」

「ジャンク、ええやないですか。私もジャンクな食べもん、好きですわ」

テラス席もある店内はアメリカ風のステーキが売りとあって気さくな雰囲気だった。五月のゴールデンウィーク後だが、週末とあってそこそこ混み合っていた。季節がいいので、テラス席が埋まっている。

布施は席にはこだわらない様子だった。店の中央にワインの棚がそびえ立っている。その脇の席に案内された。

布施の勧めに従い、ランチのハンバーグを注文する。

「ワインはどうですか？」

布施が鳩村に言った。鳩村は顔をしかめる。

「昼間っからワインかよ」

「ヨーロッパでは常識ですよ。休みなんだし……。ボトルでもらったほうがいいですね」

鳩村は言った。

「おい、ワインのボトルなんて注文したら、ランチなのに高くつくじゃないか」

「俺が払うならいいでしょう?」

「それならかまわんが……」

「ワインは堪忍でっせ。私、下戸やさかい」

布施が言った。

「じゃあ、ハーフボトルかカラフェがあるかどうか訊いてみましょう」

結局、カラフェでハウスワインをもらうことにした。

ハンバーグはたしかに、ボリュームがあり、肉のうま味が活かされていた。赤ワインとよく合う。

しかしやはり、鳩村は贅沢な気がしていた。こういう店は、何か特別なことがあったときに来るべきだ。

だが、布施にはそういうこだわりは一切ないらしい。彼にとっては、高級レストランも『かめ吉』もまったく同じらしい。そのときの気分次第なのだ。

鳩村は、ゆっくりと食事を楽しんでいる様子の布施に尋ねた。

「あの映像はどういう意味なんだ?」

「え、どういう意味って……。編集室で説明したじゃないですか」

「『ニュースイレブン』で情報収集の手助けをしたいという話か?」

「そうですよ」

「それだけじゃないだろう」

布施はうまそうにハンバーグを頬張り、ワインを味わった。

「それだけじゃいけないんですか？」

「おまえは昨夜『かめ吉』で、黒田さんに確認を取っただろう。町田の事件を担当することになったことを」

「ええ」

「そして、おまえは今日、遺族の映像を編集室で見ていた」

「はい」

「おかしいじゃないか」

「何がおかしいんですか？」

「あの映像を撮ったのはいつだ？」

「昨日の夕方ですね。午後七時頃でしたか……」

「つまり、黒田さんたちに確認を取る前に、おまえはあの映像を撮っていたということだろう」

「そうですね。でも、おかしいことなんて何もないじゃないですか」

「おまえは、黒田さんたちが新たに担当になったから、町田の事件に関心を持った……。

そう考えるのが普通じゃないか。でも、黒田さんに確認を取る前に、すでにおまえは遺族に会いに行っていた」

「俺だって、いろいろな事件に関心を持ってますからね」

「町田の件で何か握ってるんじゃないのか？」

そのとき、ワインの代わりに一人オレンジジュースを飲んでいた栃本が言った。

「そや。私もそないに思てたんですわ。スクープを次々に飛ばしはる布施さんのことやさかい、何か考えがあるんとちゃうやろかって」

鳩村は栃本に尋ねた。

「町田の事件について、布施からは何も聞いていないのか？」

「聞いてまへん」

「編集室でいっしょに映像を見ていたのに……？」

「詳しく話を聞こう思てるときに、鳩村さんがいらしたんですわ」

鳩村は布施に言った。

「この事件に注目する理由があるんじゃないのか？」

「ですから、俺は常にいくつかの事件に注目しているんですってば」

「黒田さんたちに担当のことを確認する前に、遺族を取材に行っていたことのからくりを説明してくれ」

「からくりなんて何もないですよ。『かめ吉』でも言ったはずです。昨日の午後に、警視庁記者クラブの番記者から、黒田さんが町田の件を担当することになったと聞いたんです。それで、すぐに町田駅に向かい、ビラ配りをしている被害者のご両親に会いました。そして、その夜に『かめ吉』で黒田さんに会ったんで、担当することになったことの確認を取ったというわけです」

「ふうん……」

鳩村はうなってから言った。「筋が通っているように聞こえるが、まだ納得がいかんな」

「どうしてです?」

「黒田さんが担当することになったと記者クラブのやつから聞いて、おまえはすぐに町田の駅に向かったんだな?」

「そうです」

「つまりおまえは、その時点で被害者の両親がビラ配りをしていることを知っていたことになる」

「デスクだって知っていたじゃないですか。『かめ吉』で事件の話をしたとき、ご両親がビラ配りをして情報提供を求めていることを指摘したのはデスクですよ」

「そりゃあ、俺はデスクだからな。いろいろなニュースに目配りしている」

「どこでご両親のビラ配りのことを聞いたか、覚えてますか？」

そう言われて、鳩村はふと考え込んだ。

どこかで誰かから聞いた話だ。だが、覚えていなかった。

毎日、山のような報告が鳩村のもとに寄せられる。誰が何の事案で何を言ったかなど、いちいち覚えていられない。

本来は覚えているべきなのだろう。だが、人間の能力には限界がある。

「いや、覚えてないな」

「それ、俺が言ったんですよ」

「え……」

「一ヵ月ほど前かなあ……。会議で、何か報告することはないかと訊かれて、こたえたんです」

「そうだったか……」

そう言われて鳩村は思い出した。

オンエアの日は、会議が三回ある。最初は午後六時。その段階では、オンエアの内容とタイムスケジュールを記した項目表はすかすかの状態だ。

二回目は午後八時。その段階で、本格的な詰めを行う。項目表はほぼ埋まっている。

最後の会議が午後九時。ここで最終チェックを行う。特別なことがなければ、ここで確認された項目表どおりにオンエアが行われる。

　布施が町田の事件に触れたのは、彼が言ったとおり一ヵ月ほど前の午後六時の会議のときだった。

　その時刻は、番組で取り上げる内容に不確定な要素が多く、鳩村はいろいろな判断を迫られるので、なかなか会議に集中できない。

　そんな場で布施が十年も前の事件のことを発言した。関心がないので、すぐに忘れてしまったのだ。

　だが、被害者の両親がいまだにビラ配りを続けているという事実だけは覚えていたというわけだ。

「その頃からおまえは、町田の事件に関心を持っていた、ということか？」

「関心を持っているいくつかの事案の中の一つだったということです」

「どうして関心を持ったんだ？　十年も前の事件だぞ」

「未解決事件は、いつも気にしていますよ」

「ただそれだけなのか？」

「いけませんか？」

　栃本が言った。

「私も気になるんやけど……」

布施が栃本に尋ねる。

「何が気になるんですか？」

「あの映像、ほんまにオンエアするつもりやったんか、思いましてな」

布施は薄笑いを浮かべただけで、何も言わなかった。栃本がさらに言う。

「ほんまにオンエアするつもりなら、もっといろんな要素を入れとかなあかんやろう」

鳩村が栃本に尋ねる。

「いろんな要素……？」

「そや。布施さんが撮らはった映像には、ほとんど被害者のご両親の姿しか映ってへん。報道番組で扱うなら、周囲の反応とか、ビラを受け取る人の表情なんかも撮らなあかんのと違いますか」

「なるほど……」

鳩村はうなずいた。「そのとおりだな」

布施が言った。

「さすがに二人とも鋭いですね。あの映像をデスクが使うとは思っていませんでしたよ」

鳩村は布施に尋ねた。

「じゃあ、なんであの映像を俺に見せたんだ？」

「うーん、なんでですかね。まあ、ダメモトって気持ちもありましたし……。デスクの反応を見たかったというところですかね」

「何か目論見（もくろみ）があるんだろう」

「目論見なんてないですよ」

「一ヵ月前から、おまえは町田の事件に関心を持っていたということだよな？」

「……というか、そのときたまたま知ったんですよね。町田に遊びに行って、ビラをもらったんです。へえって思いましたよ。十年もビラを配り続けているなんて、感心しました」

「そのとき、ご両親に何か話を聞いたのか？」

「いいえ。そのときは、ビラを受け取っただけでしたね」

「一ヵ月、放っておいたんだよな、その事件のこと……」

「ええまあ、そういうことですね」

「黒田さんが担当することになって、急に関心がわいたということか？」

「ずうっと気にはなっていたんですよね。黒田さんが担当することになったのは、一つのきっかけですね」

「そんなに気になる事件か？　よくある、行きずりの犯行だろう」

「それや」

栃本がそう言ったので、鳩村と布施は同時に彼の顔を見た。

　鳩村は尋ねた。

「それって、何だ？」

「よくある、行きずりの犯行。そないなレッテルを貼ってしもたら、事件のほんまのことがわからんようになってまう」

「事件のほんまのことって、何だ？」

「事件には、一つ一つ違うた側面があるやないですか。人間関係もまったく違う。たとえば、や。同じ男女関係のもつれ、ゆうても、それぞれに微妙に違うた関係がある。通り魔殺人のような事件でも、それぞれに事情が違う。それを掘り下げなあかん。『行きずりの犯行』みたいに言うてしもたら、それで終いになってまう」

「事件のことを掘り下げるのは大切だ。しかし、行きずりの犯行には間違いない。警察でもそのように判断しているんだ」

　布施が言った。

「でも、十年も犯人が捕まっていないんでしょう？」

「どういうことだ？」

「その警察の判断が間違っているのかもしれないってことですよ」

「そんなはずはない。もともと行きずりの犯行というのは、犯人が割れにくいんだ」

「それはわかっていますけど、一から考え直してみるのも必要でしょう」

「それは俺たちの仕事じゃない。黒田さんに言ったらどうだ」

「機会があれば言ってみましょう」

「本気でっか？」

栃本が驚いた顔で言った。「記者が刑事に捜査方針について意見する、言うんでっか？」

「そんな大げさなことじゃないです。世間話ですよ」

鳩村は栃本に言った。

「こいつならそれくらいのことは言いそうだな」

「さすがやね……」

何がさすがなのか、鳩村には理解できなかった。

食事を終えると、布施が言った。

「昼間の酒はなぜか回りますね。帰って一眠りしようかな」

おまえのせいで、大切な土曜日がつぶれてしまいそうだ。

鳩村はそんなことを思いながら家路についた。

酔いを覚ますために、鳩村も帰宅すると仮眠を取った。

夕方に目を覚まし、それからパソコンに向かって調べ物をした。午後七時過ぎに夕食をとった。家でごろごろしているだけでも腹は減る。

夕食時にまたビールを飲んだ。食後、ソファで横になっていると、携帯電話が振動した。布施からだった。

彼から電話が来るのは珍しい。

「何だ?」

「今夜、黒田さんと会うんですが、デスクも来ます?」

ほろ酔い気分で、動きたくなかった。できれば、家でのんびりしていたい。

だが、布施が黒田と何を話すか気になった。まだ記者根性は抜けていない。鳩村は心の中で溜め息をついてからこたえた。

「場所はどこだ?」

布施は、店の名前を言う。六本木だという。

「時間は?」

「二十一時」

「わかった。俺も行こう」

鳩村は電話を切った。

7

谷口と黒田は、約束の時間五分前に、指定された六本木のクラブにやってきた。

六本木交差点から、飯倉(いいくら)に向かって進むと左手にそのビルがある。歩道にアフリカ系の客引きがおり、外国人の姿が目立つ。

谷口は黒田に言った。

「なんだかこのあたり、外国みたいですね」

「なぜこんなにケバブ屋が多いんだろうな。トルコじゃあるまいし……」

クラブの前には、揃(そろ)いのTシャツを着た人相の悪い男たちが立っていた。セキュリティーだろう。

谷口はセキュリティーの一人に近づいて声をかけた。

「約束があるんだけど……」

セキュリティーが言った。

「入るのはただだから、そのままどうぞ」

入場の際に料金を取るクラブが一般的だが、ここは入るだけならただのようだ。おかげで、えらく混んでいる。

大音響で、とても話などできそうにない。

黒田が谷口に何か言った。音楽のせいで聞き取れない。

「何ですか？」

「布施を見つけたら引っぱりだそう。こんなところじゃ話ができない」

谷口は、大声で返事をした。

「自分も同じことを考えていました」

布施は、カウンターの前にいた。黒田も彼を見つけたようだ。二人は人をかき分けるようにして布施に近づく。

黒田が布施に何かを言った。

布施は大音響の中でも、なぜか黒田が言ったことが理解できるようだ。

「もうちょっと待ってください」

布施が大声で黒田と谷口に言った。「デスクも来ることになっているんです」

「デスクって、鳩村さんのことか？」

黒田が尋ねると、布施がうなずいた。

「そうです」

「あんたと話をするために来たんだ。鳩村さんが来るとは聞いていない」

「デスクが来ると、何か都合が悪いことがあるんですか？」

黒田が顔をしかめる。

「気分の問題だよ」

そこに、鳩村がやってきた。

「すさまじい音と混雑だ。こんなところじゃ話ができないじゃないか」

誰もが同じことを考える。

布施がほほえみを浮かべて言った。

「こっちへ来てくださいよ」

店の奥に進んでいく。布施は、録音スタジオにあるような分厚いドアを開けると、谷口たちを招き入れた。

全員が入ると、ドアを閉める。嘘のように大音響が遠ざかる。そこには、ソファとテーブルがゆったりと配置されていた。大きなガラスの窓からはフロアが見渡せる。

谷口は言った。

「これがＶＩＰルームですね？」

「そう」

布施が言う。「適当に座ってください。飲み物は何がいいですか？」

黒田が言った。

「コーラだ。まだ勤務中だからな」

布施が言った。

「だめですよ。遊ぶときはちゃんと遊ばないと。仕事はお終いです。ビールでいいですね」

すると、鳩村が言った。

「俺もコーラがいいな。昼間のワインのせいで頭が痛い」

「そういうときこそ、ビールですよ」

結局布施は、すっかりお馴染みらしい従業員に、生ビールを四杯注文した。

こういう店は、自分でカウンターに飲み物を取りに行かなければならないものと、谷口は思っていた。

もしかしたら、布施が特別扱いなのかもしれない。彼はそういう不思議な雰囲気を持っていると、谷口は感じていた。

「いろいろと訊きたいことがある」

黒田が言うと、布施は笑った。

「まず乾杯ですよ。夜は長いんです」

「あんたの遊びに付き合うつもりはないんだ」

「まあ、そう言わないで……」

布施は言葉どおり、質問にこたえようとはしなかった。

ようやくビールが運ばれてきて乾杯をすると、布施はうまそうに一口飲んだ。

黒田が言う。

「さあ、質問にこたえてもらおう。どうして、福原亮助の両親に会いに行ったんだ？」

「一ヵ月ほど前に、町田に遊びに行ったときに、駅前でビラをもらったんですよ。デスクにもそう言いましたよね」

布施は同意を求めるように鳩村の顔を見た。

鳩村が言った。

「たしかにそう言ったが、俺は真に受けているわけじゃない」

黒田は、鳩村に対しては何も言わなかった。布施とだけ話をしたいのだろうと、谷口は思った。

黒田がさらに言う。

「昨日、話を聞きに行っただろう。俺はそのことを言ってるんだ」

「黒田さんが、福原亮助の事件を担当すると聞いたからですよ」

「俺が担当するから何だと言うんだ？」

「今まで動かなかった事案が動きだすかもしれないじゃないですか」

「そう簡単にはいかないよ」

「何かのきっかけで物事が動きだすということがよくあるでしょう」

「ふん、そうだといいがな……。本当にそれだけなのか？」

「もともと、町田の事件には興味を持っていました。いまだに被害者のご両親が、情報提供を求めて活動されていることに関心がありましてね」

「そういう被害者の遺族は多い」

「でも、世の中であまり話題になっていません」

「ふん。マスコミは被害者やその遺族には冷淡だからな。たいていは加害者のほうを追っかける」

「被害者の人権を考慮してのことです」

「人権を考慮だって？ どの面下げてそういうことが言えるんだ？ 被害者の遺族の自宅に押しかけてインターホンのボタンを何度も押すなんてことは、おまえらマスコミにしかできない」

鳩村が言った。

「ワイドショーといっしょにしてほしくないですね」

黒田は鳩村に言った。

「ワイドショーもニュース番組も同じテレビ局がやることだ。言い訳しないでください」

どうやら鳩村の発言を無視しきれなくなったようだ。

鳩村が言う。

「知る権利は民主主義の根幹です」

「知る権利なんて、あんたらには関係ない。問題は視聴率でしょう？　スポンサーには逆らえない。そして、政府にも楯突けない。放送は許認可事業だ、というのが言い訳だ。反骨精神なんて、今のテレビにあるんですか？」

「黒田さんの言うとおりだね」

布施が言った。「デスク、素直に認めたほうがいいですよ。今のテレビ局に反骨なんて言葉はないんだって」

鳩村がむっとした顔で言った。

「そんなことを認めるわけにはいかない。『ニュースイレブン』にはジャーナリズムの矜持があるんだ」

「『ニュースイレブン』で、町田の事件を取り上げるということですか？」

急に鳩村は、歯切れの悪い口調になった。

「そんなことは一言も言っていません」

「じゃあどうして記者とデスクがそろってここにいるんですか？」

「布施があなたと話をすると言うので、立ち会おうと思っただけです」

「町田の事件について話をすることは知らなかったということですか？」

鳩村の口調はさらに歯切れが悪くなった。

「何の話をするかは聞いていませんでした」

「それは嘘でしょう」

鳩村は、反論しようとしたが、口をぱくぱくさせただけだった。結局何も言えなかった。

黒田がさらに言った。

「あんたはおそらく知っていたはずです。『かめ吉』で布施が、町田の事件を俺が担当することになったのを確認に来たとき、あんたも店にいた」

鳩村は曖昧に首を振ってから言った。

「それはまあ、今日の昼間、その件の話をしていましたからね」

「布施と話をしていた、ということですか？」

「ええまあ、そうです」

黒田は布施に尋ねた。

「どんな話をしていたんだ？」

「それは企業秘密ですよ」

「何が企業秘密だ。いいからしゃべっちまえよ」

布施は肩をすくめて言った。

「デスクに映像を見てもらったんですよ」

「何の映像だ」

「福原亮助さんのご両親がビラ配りをしているところの映像です」

「番組で取り上げようとしたのか？」

「デスクはボツにしましたけどね」

鳩村が言った。

「おまえだって、最初からオンエアする気はないと言っていたじゃないか」

「オンエアする気はなかった？」

黒田が布施に尋ねる。「それなのに、映像を撮ってデスクに見せたというのか？」

「そうです」

「何のために」

「同じことをデスクにも訊かれましたけどね……。デスクの反応を見たかったんですよ」

「それで、どんな反応だったんだ？」

「関心を示してはくれませんでしたね。世の中に犯罪の被害者は山ほどいて、その遺族や関係者もたくさんいる。福原亮助さんの遺族だけを番組で取り上げるわけにはいかない、と……」

黒田がうなずいた。

「まあ、その言い分には筋が通っていると思う」

「番組で取り上げることで、情報が集まり、事件解決につながるかもしれませんよ」

「そういえば、そういうバラエティー番組があったな。未解決事件を取り上げて、視聴者から情報提供を募る。実際にその番組がきっかけで事件が解決したことがある」

「そうです。ですから『ニュースイレブン』でも同じことができるんじゃないかと思ったんです」

鳩村が苦い表情で言った。

「報道番組とバラエティーをいっしょに考えるなと、私は言いました」

黒田が鳩村に尋ねた。

「どうしていけないんですか?」

「何度も言いますが、報道番組はワイドショーやバラエティーとは一線を画しているんですよ」

「わからないな。どうせテレビでしょう」

「黒田さんはテレビをばかにしているようですけどね、テレビの報道マンにもモラルや使命感があるんですよ」

「そういう時代があったことは認めますよ。だが、今はもうだめでしょう」

いつもシニカルな黒田がこれだけあからさまに相手を批判するのは珍しいことだと、谷口は思っていた。

それだけ刑事は、マスコミに痛い目にあっているということだ。事件が起きたら夜討ち朝駆けで取材をされる。仕事が終わってほっと一息つこうと思っているところに夜回りだ。

捜査情報を洩らそうものなら懲戒ものだ。へたをすればクビが飛ぶ。

マスコミ向けには、ちゃんと毎日発表をしている。それを流しているだけでは、報道機関の仕事とは言えないらしい。

記者が独自に取材をしなければ、スクープも生まれない。そして、報道各社は常に他社を抜くことしか考えていない。

報道の自由とか知る権利とかは、彼らにとってはたいして重要ではないようだ。

彼らが一番恐れるのは、他社が取り上げているのに、自分たちが記事やニュースにできないことだ。

抜くことが最大の目的である彼らは、最低でも横一線をキープしたがる。出遅れることは許されないのだ。

抜いた抜かれたはジャーナリズムではない。商業主義だ。スクープが載った新聞や雑誌が売れるという時代があったのだ。

たしかに、新聞やテレビのニュースが世の中を動かしていた時代があったようだ。谷口にはあまり実感がないのだが……。

今ではネットのほうがずっと速報性もある。知りたいときにスマホでニュースを見られるという利便性もある。

そして、今やネットで世論が形成される世の中なのだ。

谷口から見ても、もうテレビのニュース番組は時代遅れだし、魅力はない。捜査一課にいなければ、きっとテレビのニュースなど見ないだろうと思った。

黒田の批判を受けてむきになっているのは鳩村のほうだった。布施はまったく気にしていない様子だ。薄笑いを浮かべてさえいる。

「今でもテレビのニュースは社会的に大きな役割を担っています」

鳩村が言った。「私たちには、その責任があります」

「バラエティーやワイドショーを作っている連中には責任がないと言うんですか?」

鳩村がきっぱりと言った。

「報道の人間よりは、ないでしょう」

「でも……」

布施が言う。「放送がきっかけで事件が解決したとなれば、それは社会的に大きな役割を果たしたということでしょう」

黒田もそれに同調して言う。

「そうだ。あんたらマスコミは、普段は捜査の邪魔ばかりしているんだから、たまには役に立ってもいいだろう」

「報道の役割というのは、そういうものではありません」

「じゃあどういうものなんですか？」

「一言で言えば、基本的人権を守ることと、権力を監視することですね」

黒田が言った。

「だから、そういうたてまえの話はいいって言ってるんですよ」

「たてまえじゃありません。私は本気です」

黒田が笑いだした。

「それが本気だとしたら、よほどのばかか大物ですね」

「そのどちらでもありません」

「じゃあ何ですか？」

「普通の報道マンです」

「いずれにしろ、『ニュースイレブン』では事件のことを取り上げる気はないんですね？」

「今のところは、ありません」

黒田が布施を見て言った。

「じゃあ、あんたが町田の事件を追っかける理由はもうないわけだ。あんたはあくまで、『ニュースイレブン』専属の記者なんだろう？　番組が取り上げないネタを追うことはできない」

「デスクはね、今のところ取り上げる気はないと言っただけですよ。大切なのは、今のところ、という部分です」

「この先、デスクの気が変わって、事件を取り上げることもあるということか？」

「俺たちは報道マンですからね。もし捜査に進展があれば、俄然関心を持ちます。デスクだって例外じゃないはずです。そうなれば、取り上げないわけにはいかなくなります」

「ふうん……」

黒田は口を閉ざし、しばらく考えていた。やがて、彼は布施を見て言った。

「福原の両親に妙な質問をしたそうだな」

マスコミの役割についての議論などどうでもいいと、黒田は気づいたようだ。布施への質問を再開したのだ。

「妙な質問なんてしていませんよ」

「どういう日課で暮らしているか、健康かどうか、経済状態はどうか、近所や親戚との関係はどうか……。そんなことを尋ねたそうだな」

「ええ」

「それは妙な質問じゃないか。記者なら、もっとましな質問をしそうなもんだ」

「ましじゃなくてすいませんね。そんな質問しか思いつかなかったもんですから……」

「何か意図があってのことだろう。でなけりゃ、事件のこととか、有力な情報はないか、とか質問するはずだ」

「事件は十年も前に起きたんです。今さら事件のことを尋ねても意味ないでしょう。それに、何か有力な情報があればすでに発表しているはずです」

「知っていながら、隠しているのかもしれない」

「だとしたら、隠す理由があるはずです。その場合、俺なんかが質問したって教えてはくれないでしょう」

「それを聞き出すのが記者なんじゃないのか」

「俺、そんなに優秀じゃないんで……」

「それにしても、あんたのは、まるで世間話をする主婦みたいな質問だった」

「主婦が知りたいことを質問するのが、俺たちの仕事なんじゃないですか？　だって、テレビの視聴者の多くは主婦でしょう」

「まあ、そりゃそうだろうが……」

「それにね、十年も駅前でビラ配りをするなんて、並大抵のことじゃありませんよ。一日も欠かしたことがないというんですから……。それを支えたものは何か。それを知りたくなるじゃないですか」

「だから、健康のこととか、経済的なこととかを質問したというのか？」

「そういうことです。まず、基本的なことを訊いておかないと……」

「近所の住人や親戚との関係を訊いたのはどういうわけだ？」

「あの夫婦がどういう生活をしているのか、具体的なイメージをつかみたかったんですよ。そのためには人間関係を把握しなけりゃならないでしょう。親戚や近所の人たちとの関わりって、家族の次に基本的な人間関係でしょう」

そのこたえで黒田が納得したかどうか、谷口にはわからなかった。少なくとも谷口は納得していなかった。

やがて黒田が言った。

「じゃあ、あんたは福原亮助の両親について取材を続けるというわけだな」

「そのつもりですよ」

「わかった」

黒田はそう言うと立ち上がった。
谷口には、何が「わかった」のか理解できなかった。
黒田が例の分厚いドアに向かう。谷口は、それについていくしかなかった。

8

鳩村は、黒田と谷口がVIPルームから出ていく姿を、ぼんやりと見つめていた。布施はビールを飲んでくつろいでいるように見える。

黒田はいったい、布施から何を聞き出したかったのだろう。また、布施は黒田に何を尋ねようとしていたのだろう。

今の会話からは、鳩村には何も理解できなかった。

「おい」

鳩村は布施に言った。「町田の件の遺族を取材するって? 誰がそんなことを命じた」

「えーと、誰も命じてませんが」

鳩村は顔をしかめた。

「俺が命じるか、許可しなければ、おまえは取材などできないんだよ」

「そんなことはないでしょう。記者は自分の裁量で取材できるはずです。でないと、スクープなんて生まれませんよ」

「たしかにそのとおりかもしれんが、事前に一言くらいほしいな」

「じゃあ、今言いますよ。福原亮助さんの両親の取材をしますよ」

「だめだ」

「なぜです？」

「俺は、その件を番組で取り上げるつもりはない。だから番組専属記者のおまえが取材をする必要もないからだ」

「今のところ、とさっきデスクは言ったじゃないですか」

「おそらくこの先も、気は変わらない」

「捜査が動くかもしれませんよ」

「もしそうなったら、そのときに取材を始めればいいんだ」

「本気で言ってます？　そんなんじゃ手遅れだって、デスクにだってわかっているんでしょう？」

たしかに手遅れかもしれない。大きなネタをものにするには、どれくらい早くからその件に着手しているかが大切だ。

それは鳩村にもわかっている。だが、町田の件は、それほどニュースバリューがあるとは思えなかったし、この先捜査が進展するとも思えなかった。

「どうしておまえが、その件にこだわるのか、俺には理解できないんだ。わかるように説明してくれたら、考えてもいい」

「理屈じゃないんです。気になるんですよ」

「それじゃ説明になっていない。おまえは、たまたま駅前で見かけた被害者の両親に同情しちまっただけなんじゃないのか？」

「それじゃいけませんか？」

「いけないに決まっているだろう。そんなのは記者の仕事じゃない」

「じゃあ、記者の仕事って何です？」

「人々が関心を寄せるネタを、できるだけ早く、できるだけ詳細に取材してくることだ」

「福原亮助さんの件は、人々が関心を寄せるようになるかもしれませんよ」

鳩村は、その言い方がちょっと気になった。

「なぜだ？　なぜそう思うんだ？」

布施は肩をすくめた。

「ですから、何となくです」

「それじゃだめだと言ってるだろう」

「じゃあ、会議で決めましょう」

「会議で……？」

「そうです。鳥飼さんや香山さんの意見も聞いてみたいです。あ、それに栃本さんの意見も……」

　鳩村は思わず渋面になった。

「栃本の意見はいいんじゃないのか」

「どうしてです。あの人、サブデスクなんでしょう」

「そりゃそうだが……」

「『ニュースイレブン』の数字が落ちてきているんで、そのてこ入れに局長が呼んだんじゃないんですか」

「そうらしいな」

「だったら、彼の意見は重要じゃないですか」

「おまえ、本気でそう思ってるのか?」

「思ってますが、何か……」

　鳩村はかぶりを振った。

　布施はすっかり栃本を受け容れてしまったようだ。それが鳩村には信じられなかった。栃本は異分子だ。そして、『ニュースイレブン』の本質をまったく理解していないように、鳩村には思える。

　鳩村は栃本に拒否反応を示している。布施も同様であることを期待していた。『ニュースイレブン』のクルーたちが彼に反発すれば、彼は孤立する。その意見が通ることはなくなるだろうと、鳩村は密(ひそ)かに計算していたのだ。

だが、布施には拒否反応がなさそうだ。

まあもっとも、布施はどんな相手に対しても拒否反応を見せたことがないのだが……。

「さて……」

鳩村は言った。「俺も引きあげるぞ。一日に二度もおまえに呼び出されて、くたくただ」

「だからここで英気を養っていけばいいのに」

「こんなところでくつろげるなんて、本当におまえは信じがたいやつだよ」

立ち上がり、ドアを開けたとたんに大音響に襲われた。

鳩村は、できるだけ急いで店を出ようとした。


『ニュースイレブン』には二つの班があり、交互に当番日がやってくる。たとえば、鳩村の班が月、水、金を担当したら、翌週は、火、木を担当することになる。

その週の最初の会議は、火曜日の午後六時だった。

珍しく布施が早い時間から局に来ていた。いつもは会議開始時間ぎりぎりにやってくる。遅刻することも珍しくはない。

本当に、町田事件の遺族を取材するかどうかを会議にはかるつもりらしい。

余白だらけの項目表を前に、鳩村は会議を進めた。午後六時の会議ではそれほど話し合うことはない。その日のオンエアのおおまかな流れを説明するだけだ。

いつもなら、会議はすぐに終わる。それから、キャスターの二人はいろいろと下調べを始めるのだ。

「他に何かあるか？　なければ会議を終えるが……」

鳩村がそう言うと案の定、布施が発言した。

「ちょっとみんなの意見を聞きたいことがあるんだけど……」

メインキャスターの鳥飼が尋ねる。

「何だ？　布施ちゃんが俺たちの意見を聞きたいなんて、珍しいじゃないか」

「取材したいネタがあるんだけど、デスクは必要ないって言うんですよ」

「ほう……。どんなネタだ？」

「十年前に町田で起きた事件」

「十年前……」

「大学生が刺殺された事件です」

「ああ、覚えている。未解決だったな」

栃本が言った。

「布施さん、金曜の夜から、その話ばっかりや」

キャスターの香山恵理子が栃本に言った。

「そうなの？」

「金曜日に、『かめ吉』でごいっしょしましたんや。黒田さんゆう刑事が新たに担当するのを確認した言うて……」

「あら……」

恵理子は布施を見て言った。「黒田さんが担当するの？」

布施がこたえる。

「そう。金曜日にそれを聞いたばかりなんですよ」

「ならば、捜査が進展する可能性は充分にあるわね」

それを聞いて、鳩村は慌てた。

「ちょっと、無責任なことを言わないでほしいな」

「でも、これまでの実績を考えると期待できるじゃないですか」

この恵理子の言葉に、布施は気をよくしたようだ。

「さすがにキャスターは、ニュースに対する嗅覚が鋭いね」

恵理子がほほえんだ。

「おほめにあずかり、光栄だわ」

「私もええと思いますわ。若い息子に先立たれた両親。生き甲斐もなくなり、息子を殺した犯人を見つけることだけを考えて生きてはる……。こういう人情話に、世間の人は弱いんちゃいますか？」

恵理子が言った。

「そうね。布施ちゃんが関心を持つというのなら、私は乗るわ」

先ほどから鳥飼が何も言わない。鳩村はそれが気になっていた。

「鳥飼さんはどうですか？」

鳥飼は、しばらく何事か考えている様子だったが、やがて言った。

「デスクは取り上げる気はないんだろう？」

鳩村はこたえた。

「ええ。『ニュースイレブン』で取り上げる理由はないと思います。犯罪被害者の遺族が、駅前で情報提供を訴えるビラを配布している、というだけのことですから」

鳥飼がうなずいて言った。

「だったら俺も、取り上げる必要はないと思う」

この発言は少々意外だと、鳩村は思った。鳥飼はいつも布施の味方だと思っていた。

鳥飼は間違いなく布施を買っている。布施が取ってきたスクープのおかげで、これまでずいぶんとおいしい思いをしてきたのだ。

スクープを番組で発表するのは、たいてい鳥飼だからだ。視聴者は、番組のスクープは彼のスクープという印象を受ける。

結果的に彼の信頼度はアップし、人気も高まる。

その鳥飼が、布施ではなく鳩村の側に立った。それが意外だったのだ。

鳥飼が続けて言った。

「オンエアの時間は限られている。特集を組むにしても、もっとアップトゥデートな話題でないと……」

アップトゥデートという言い方自体が、古いと感じたが、鳩村は何も言わなかった。

栃本が言った。

「ほな、最新のニュースだけ追っかけといたらええんですか?」

「必ずしもそうではない。だが、テレビは常に現代的であるべきだ」

「長い間テレビは、速報性っちゅう点でトップやった。でも、今ではネットにその座を奪われてるんでっせ」

「ネットのニュースは信憑性に欠ける」

「今のネットユーザーは、速報性と信憑性をちゃんと秤に掛けてますわ」

鳥飼が怪訝な顔をする。

「それはどういうことだ?」

「まずネットで、何が起きたか知ろうとする。そして、それからテレビやラジオで情報の確認をしますやん。さらに、新聞で詳細を知ろうとする場合もあるやろう。それが現代人のライフスタイルですわ」

「テレビで第一報を知る世代だって、まだまだ多いんだ」

「もったいない……」

栃本がつぶやき、鳥飼が彼の顔を見つめた。鳩村も思わず栃本を見ていた。

鳥飼が尋ねた。

「何がもったいないんだ?」

「ニュージャーナリズムちゅうのがさかんに言われたのは、一九六〇年代の終わりから七〇年代にかけてやったかな……。つまり、ジャーナリズムは起きた事実を客観的に報道するだけやなしに、その事実に積極的に関わって、深く掘り下げなあかん、ちゅう考え方やね」

鳥飼が言った。

「ニュージャーナリズムくらい、俺だって知っている」

「ニュージャーナリズムが登場してからは、アメリカのニュース番組も変容していったんや。客観性よりも自分の意見や立場を鮮明にするキャスターが現れたんや」

「アメリカはケーブルテレビのチャンネルがたくさんあり、それぞれに色を出しやすい土壌があったんだ」

「そやけど、日本のキャスターも、もう少し色を出してもええんとちゃいますか」

「それと、布施の取材とどういう関係があるんだ？」

「要は、客観性なんぞ考えんと、思ったことをどんどん言うべきや、ちゅうことやね」

「なるほど。視聴者の人情に訴えろと言いたいのかね」

「鳥飼さんは、お茶の間の主婦層の心をとらえてはる。鳥飼さんが言うことなら、おばちゃんたちはたいてい信じるわけや。それをもっと利用せな……」

「だからといって、お涙頂戴に加担するつもりはない。俺は俺なりに、真摯に報道と向き合ってきたつもりだ」

「犯罪被害者の遺族を取り上げたかて、真摯やない、ちゅうことにはならへんと思いますが」

「十年前の事件の被害者やその遺族のことを、今報道する理由がないと言ってるんだ」

「理由やったら作ったらええんとちゃいますの」

「何だって？」

「テレビやねんから、何でもありですわ」

鳥飼の顔色が変わった。

普段は冷静で、決して人と争うことがない鳥飼が珍しく興奮している。

関西からの闖入者は、やはり人々のペースを狂わせるようだ。

そのとき、布施が言った。

「そんな面倒なことじゃないんだけどな……」

鳩村は、布施を見て言った。

「面倒なことじゃないだって？」

「そうですよ。十年間、一日も欠かさず、ビラを配り続けるのって、どういう心境なんだろう。俺、そう思っただけです」

鳥飼が無言で布施を見ていた。

「だから、そのままじゃ番組にならないんだ。とてもオンエアはできない」

「わかってます。そこがスタートラインなんです」

「そのスタートラインから、どこに進んでいくんだ？」

「それはまだ、俺にもわかりません」

「そんな、海のものとも山のものともつかない話を許可するわけにはいかない。おまえは、『ニュースイレブン』の記者だ。もっと番組に役立つ取材をやってもらう」

「でも、多数決なら、こっちの勝ちですよね」

「何だって……」

「会議で決めるって約束でしょう。取材賛成派は、俺と香山さんと栃本サブデスク。反対は、デスクと鳥飼さんの二人だ」

「多数決で決めるとは言ってないぞ」

「でも、会議で決めるって、そういうことでしょう」

恵理子が言った。

「賛成多数なんだからいいじゃない？　私も興味がわいてきたわ。取材に協力してもいいわよ」

鳩村は眉をひそめた。

「キャスターの君が取材を……」

「フィールドワークも必要だと、常々感じていたの。みんなが取ってきたニュースの原稿をただ読んでいるだけではだめだと……」

鳩村が、「そんな必要はない」と言おうとしたとき、それより早く布施が言った。

「それはいいね。自分で取材したネタには、気合いが入るよ」

鳩村は言った。

「気合いは入れなくていい。客観性が失われる」

「そやから……」

栃本が言った。「客観性も大切やけどな、もっと大事なのは人間性でっせ」

鳩村は栃本に言った。

「人間性というのは、お笑いのことか？」

皮肉のつもりだった。だが、栃本はあっさりとそれをかわした。

「そやね。笑いが取れれば御の字やね」

鳩村は、深呼吸してから言った。

「会議は終わりだ。次の会議は午後八時。遅れないように」

鳩村はテーブルを離れて席に戻った。他のメンバーもそれぞれの持ち場に散っていく。

恵理子は、記者席に行きパソコンを使いはじめた。項目表にあるニュースのバックグラウンドか何かを調べるのだろう。

栃本はテーブルに着いたままだった。彼の席はすでに用意されていた。鳩村の隣だ。

だが、鳩村は栃本がそこに座っているのをまだ見たことがなかった。

布施は報道フロアを出ていった。八時の会議に出席するかどうか怪しいものだと、鳩村は思った。

テーブルを離れた鳥飼が鳩村の席に向かって歩いてくるので、おや、と思った。

鳩村は言った。

「どうしました？」

「ちょっと時間あるかい？」

「ええ。次の会議まではまだ間がありますから……」

「ちょっと付き合ってくれ」

「はい……」

何事だろう。鳩村はそう思いながら、座ったばかりの席を立ち、鳥飼についていった。

二人は空いている編集室に入った。鳥飼がコンソールの前の椅子に腰を下ろした。鳩村は立ったままだ。

鳥飼が言った。

「栃本は、番組のてこ入れのために呼ばれたんだな？」

「そうですね」

「彼が言ったこと、どう思う？」

「彼が言ったこと……？」

「客観報道についてだ」

「ああ……。気にすることはないと思いますよ。俺は俺のやり方を貫くつもりです」

「だが、彼の言うことにも一理ある……。いろいろ考えさせられるじゃないか」

なんだかいつもの鳥飼らしくない。

「どうしたんです？　何かあったんですか」

しばらくして鳥飼が言った。

「潮時かなと思ってな」

「え……?」

「『ニュースイレブン』のキャスターを降りようかと思ってるんだ」

鳩村は驚きのあまり、声が出なかった。

9

「待ってください」

鳩村は慌てて言った。「キャスターを降りるって、それ、どういうことです？」

鳥飼はこたえた。

「言ったとおりの意味だよ」

「他の者には言ったんですか？」

「いや、まだ言っていない」

鳩村は念を押した。

「油井局長にも言ってないんですね？」

「言っていない」

ということは、もう一つの班のデスクにも言っていないということだ。

「栃本が言ったことなら、本当に気にすることはありませんよ」

「そういうんじゃないんだ。俺はもともとアナウンサーだから、記者の布施なんかとは根本的に違うと思うんだ」

「そんなことはありません。アナウンサーも報道局の一員です。ニュースの出口はアナウンサーなんです」

「香山が言ってただろう。現場に取材に行きたいって……。俺にはもう、そういう情熱はない。メインキャスターは香山がやるべきだと思う。あいつは番組のお飾りなんかじゃない。きっといいキャスターになる」

「たしかに香山君はやる気もあるし、よく勉強しています。今や『ニュースイレブン』の立派な看板です。でも、鳥飼さんにも役割があるんです」

「栃本が言っていたように、これからのニュースキャスターは、ただニュースを読むだけじゃだめなんだ。それは俺にもわかる。『ニュースイレブン』の数字が落ちてきているのにも理由があるはずだ」

「理由はあるでしょう。でも、それは鳥飼さんとは関係ないと、俺は思います」

鳥飼は、淋しげな笑みを浮かべた。

「鳩村デスクだって、番組に俺は必要ないと思っているんだろう?」

そう言われて、鳩村は驚いた。

「そんなことは考えたこともありません。いいですか。鳥飼さんは『ニュースイレブン』の顔なんです。鳥飼さんだから、説得力があるんです」

「だが、何のための説得力だ？　俺の考えが番組に反映されているわけじゃない」

鳩村はますます驚く。

「そうしたいのですか？」

鳥飼は、気まずそうに言葉を濁した。

「いや、別にそういうわけじゃないが……。たとえば、の話だ」

「もし、お考えがあれば、会議でどんどん言ってください。可能な限り、番組に反映しますよ」

鳥飼は、しばらく無言で考えていた。

そこに、アルバイトがやってきて言った。

「あ、デスク、ここでしたか。確定しているニュースの見出しとキャプションです。確認してください」

鳩村はプリントアウトを受け取る。それが会話を終えるきっかけとなった。

鳥飼は言った。

「今の話はまだ、内密に頼む」

鳩村は慌てて言った。

「もちろん誰にもしゃべりません。ぜひ、考え直してください」

鳥飼は編集室を出ていった。

鳩村が席に戻ったとき、すでに報道フロアに鳥飼の姿はなかった。鳩村は、見出しとキャプションを確認しながら、今の会話について考えていた。

潮時と鳥飼は言ったが、本気だろうか。

鳩村は鳥飼を『ニュースイレブン』の顔だと言った。本当にそう思っていた。もし、『ニュースイレブン』に何らかの思想的な特徴があるとしたら、多くの人はそれが鳥飼の傾向であると思うだろう。

それくらいに鳥飼は番組に定着しているのだ。

だが、実際には番組に思想的な特徴などないと、鳩村は思っている。鳩村が当番デスクをつとめる日のオンエアについては、できるだけそうした特徴を排除しようと考えていた。

思想的な特徴はつまり、偏(かたよ)っているということだと、鳩村は思っていた。偏向報道は絶対に避けなければならない。

鳩村はずっと、そう信じて番組を作ってきた。そして、実は鳥飼はそうした鳩村の方針にマッチしていたのだ。

よく言えば、公正中立。悪く言えば、当たり障りのないニュースの選択とコメント。

テレビの報道はそれでいいと思っていた。ネットと違い、テレビは影響力が大きい。

テレビ番組制作者はすべからく、その責任を負うべきだと、鳩村は思っていた。

だが、栃本の考え方は違うらしい。

ニュースキャスターは、もっと自分の考えを前面に出すほうがいいと思っているようだ。

おそらく関東のテレビと関西のテレビの違いでもあるのだろう。関西ローカルの番組は、ぐっと視聴者に近い感じがする。

視聴者参加型の番組が多いのも、関西の特徴の一つだ。

そして、番組では出演者がかなり本音で好きなことをしゃべっても許される風潮がある。しかしそれは、関西人同士だから通用するのだと、鳩村は思っていた。

全国放送ではそうはいかない。被災したり、微妙な問題を抱えている地方もある。ある地方で通用する冗談が、他の地域では通用しないということもある。

その点、インターネットというのは自由度が高い。個人的な書き込みとニュースの区別がつきにくいメディアの特徴がある。

いや、インターネットは厳密にはメディアとは言えないだろう。コミュニケーションの形態の一つでしかないのだ。

噂(うわさ)話とインターネットを厳密に区別することはできない。もちろん、インターネットがメディアを含んでいるとも言える。編集されたコンテンツが配信されているからだ。

だが、そうしたメディアと個人の書き込みを区別する垣根はない。利用者が判断するしかないのだ。

だから、インターネットを理由に番組の作り方を変える必要はないと、鳩村は思っている。

インターネットを利用するのはいい。だが、それによってポリシーを変えてはいけないと思うのだ。

栃本の言うことは、その信念に抵触するのだ。だから、鳩村は反発してしまう。

まさか、布施や恵理子が彼に同調するとは思っていなかった。彼らは鳩村の考えを理解してくれていると思っていたのだ。

もしかしたら、鳥飼も布施や恵理子に失望したのかもしれない。そうだとしたら、それはきっと間違いだ。

失望などする必要はない。布施はともかく、恵理子は基本的には鳩村の方針に賛成のはずだ。ただ個人的に、もっとニュースに関わりたいと考えているに過ぎないのだ。

だから話をすればわかり合える。

いずれ、ちゃんと話をする機会を作らなければならないと、鳩村は思った。

これまではそんなことを考える必要などなかった。やはり、栃本の影響なのだろう。

まったく、油井局長も余計なことをしてくれたものだ……。

鳩村は、その考えを慌てて頭の中から追い出そうとした。

油井局長に対する批判など、口が裂けても言えないと思っている。局内ではなるべく波風を立てたくないのだ。

ジャーナリズムの矜持だ、番組のポリシーだと言っておきながら、上司には逆らえない。

なんとも俺は中途半端だな……。

こんな俺に、鳥飼を説得できるだろうか。

鳩村は、溜め息をついていた。

午後八時の会議に、やはり布施は姿を見せなかった。

言いたいことだけ言って、会議は欠席か……。

鳩村は、布施の態度を苦々しく思っていた。鳥飼はいつもどおりに見えた。項目表に対するスタッフの説明に、時折質問をした。

「あのな……」

ひととおり説明が終わった後、栃本が言った。「いい加減、トップは政局、っちゅうの止めませんか?」

鳩村は驚いて言った。

「何を言ってるんだ。突発事件がない限り、政局がトップというのは、長年続けてきたことだ」

「そやから、それを見直さなあかん、言うとるんですわ」

「何をトップに持ってくればいいと言うんだ？」

「そやね……。この大阪の殺人事件はどやろ」

「社会部ネタは、二回目の確定ＣＭ明けだよ。新聞だって、社会部は最終ページなんだから」

「新聞の真似（まね）することあらへん。だいたいやね、社会部の記事が新聞の最終ページにあるのは、開きやすいからや。二面の政治部と同列ちゅうことや」

「あなたが関西出身だから、その殺人事件に興味があるだけだろう。全国的に見れば、殺人事件よりも政局だ」

「今日日（きょうび）、どれくらいの人が政治ネタに興味持ってると思てはりますの？　与党の議員が何言うたかて、誰も気にせえへん。それよりも、大阪の事件のどろどろの人間関係のほうがよっぽどおもろい」

「だから、面白いかどうかでニュースの順番を決めてるわけじゃないと言ってるんだ。視聴者の関心があろうがなかろうが、トップは政局でいく」

　そのとき、恵理子が言った。

「栃本さんの言うこともっともだと思う。番組のアタマで視聴者の関心を引かなければ、チャンネルを替えられてしまうんじゃないかしら」

また栃本の肩を持つのか……。

鳩村は面白くなかった。

「変えていいものと、守らなければならないものと、両方あると思う」

栃本が言う。

「そらそうや。私もそう思います。そやけど、ニュースの順番は変えてええんとちゃいますか」

「いや、『ニュースイレブン』が長年守ってきた定石だ」

「その定石に、視聴者が飽きてきたんやないやろか」

「そんなことはない。『ニュースイレブン』の視聴者層は高年齢で高学歴だと言われている。そういう層は、保守的なものなんだ」

「今までの視聴者だけやなしに、新たな層を取り込まなあかんでしょう」

「そのために、番組のポリシーを変えることはない」

「たかがニュースの順番でっせ。ポリシーちゅう大げさなもんですやろか」

そのとき、じっと黙ってそれまでのやり取りを聞いていた鳥飼が言った。

「政局でコメントしたいことがある。トップでやりたい」

これまで彼がそういう発言をしたことがなかったので、鳩村は驚いた。

「トップは、環境大臣の政治資金規正法違反疑惑に絡んで、野党が総理の任命責任を追及したという件ですが、それに対して、どんなコメントを……？」

鳩村の質問に、鳥飼は不機嫌そうにこたえた。

「それは番組で言う。それくらいの裁量権は俺にもあるはずだ」

「もちろんです。しかし、どのようなコメントをするか、デスクの私が把握していないと……」

「デスクは俺が信用できないというのか？」

なんだか雲行きが怪しくなってきた。鳩村は鳥飼の味方だ。それは鳥飼もわかっているはずだ。

だからこそ、キャスターを辞めようと考えていることを鳩村だけに伝えたのだと思っていた。

なのに今、彼は鳩村に対して反抗的な態度を取った。もしかしたら、自分は試されているのだろうか。鳩村はそんなことを思った。

「信用はしています。しかし、何かあったときのことを思うと、事前に知っておいたほうがいいと思います」

「何かあったときというのは、どういうことだ？」

いつにない鳥飼の追及で、鳩村はついしどろもどろになった。

「それはですね……。その……、たとえば、発言がもとで何か問題が起きたりしたときにですね、事前に知っていたら対処もしやすいと思うんです」

「俺のコメントが何か問題を起こすと言うのか」

「そういうことではありません。たとえば、の話です」

栃本が言った。

「香山さんはどう思てはるの?」

「私……?」

「そや。もう一人のキャスターなんやさかい、意見があったら言うといたほうがええよ」

「私は鳥飼さんにお任せするわ」

「鳥飼さんが自分でコメントする、言うんやったら、香山さんもせなあかんやろう」

鳩村は言った。

「どうして、香山君が……」

「片方だけコメントする、ちゅうのはバランスが取れへんのとちゃう?」

「メインキャスターは鳥飼さんなんだから、それでいいんだよ」

「それ、香山さんはニュースを読んでればええちゅうこと?」

鳩村は、恵理子の顔をちらりと見てから言った。

「決してそういうわけじゃない。どちらがメインかという話だ」

いつもならもう、会議は終わっている時刻だ。項目表も埋まってきており、キャスターたちも下準備をしなければならない。

鳩村がそう思ったとき、ふらりと布施が姿を見せた。

「どうしたの？　みんな、難しい顔をして」

鳩村は布施に言った。

「会議をほったらかして、どこに行っていた」

「町田事件を担当していた刑事さんに会いにね……。この時間じゃなくちゃ会えないと言われたんで……」

「俺の許しも得ずに、いろいろと嗅ぎ回っているんだな」

「あれ、六時の会議で取材していいと決まったじゃないですか」

「その刑事のことは、会議で取材の可否を話し合う前から調べていたんだろう」

布施は肩をすくめた。

「いろいろ調べますよ。警察官って、異動が多いじゃないですか。当時事件を担当していた人を追跡するのに苦労しました」

「記者がそれくらいのことで苦労していてどうする。それで、何かわかったのか？」

「いえ、事件についてはノーコメントだと言われました」

「それであっさりと引き下がったのか。あきれた記者だな」

恵理子が言った。

「布施ちゃんのことだから、そんなはずはないわよね」

「いや、俺、ノーコメントとか言われるとそれ以上突っ込めないんだ。記者に向いていないのかもしれないね」

「記者に向いてない人が、次々とスクープを取ってこられるわけがないわ」

「運はいいみたいなんだ。それより何の話だったの？」

栃本が言った。

「トップのニュースやけど、政局やのうてもええんやないかと、私が言うたら、鳥飼さんが、コメントを入れたいのでトップで行きたい、言わはって……」

「問題ないじゃない。鳥飼さんはアンカーなんだから」

一瞬、誰も何も言わなかった。

鳩村はつぶやくように布施の言葉を繰り返した。

「アンカー……」

「そうだよ。アメリカじゃ、ニュースキャスターがニュースを選んだり、インタビューをしたり、コメントをするのは当たり前のことだ。彼らは番組のアンカーだからね」

「そんなことはおまえに言われなくてもわかっている」

たしかにアメリカではニュースキャスターの存在は大きい。昔からCBS、NBC、ABCの三大ネットワークのキャスターに対しては、大統領も嘘をつけないと言われている。

彼らが選挙の結果を左右することもあるからだ。

「じゃあ、そういうことで……」

鳥飼がそう言って席を立ち、会議は終了する形になった。布施が結論を出したとも言える。

結局、鳩村が主張したとおりになったのだから文句はない。この件に関しては、布施が栃本ではなく、鳩村の側についたことになる。

だが、そう単純なことではないだろう。

誰が鳩村派で、誰が栃本派か、ということではなく、事態はもっと複雑だ。おそらく、鳩村と栃本の意見が対立するたびに、布施や二人のキャスターの反応も変わるだろう。

俺の班は、だんだん混乱してきているのではないか。

それもこれも、栃本が大阪からやってきてからのことだ。

鳩村は、波風が立つのが嫌いだ。番組をつつがなく始めて終わらせるのが、今の自分の仕事だと思っている。この先も栃本のせいで問題が続くのかと思うと、鳩村は頭を抱えたくなった。

それにしても、鳥飼はどんなコメントをするつもりだろう。

そして、布施が言ったアンカーという言葉が気になった。『ニュースイレブン』では、アメリカのニュース番組ほどキャスターに権限を与えていない。

アメリカのキャスターがやる役割の多くを、デスクである鳩村が負っているのだ。

そこまで考えて、鳩村は、はっとした。

鳥飼が辞意を鳩村に伝えたのは、鳩村を信頼しているからではなく、キャスターに権限を与えない鳩村のやり方を批判してのことなのではないだろうか。

そうだとしたら、鳥飼の動向はますます予断を許さないということになる。鳩村は溜め息をついていた。

10

午後八時を過ぎて、ようやく解放されそうだと、谷口はほっとしていた。

三日前に六本木のクラブで布施と会ってから、なぜか黒田の捜査にいっそう熱が入ったように思えた。

布施は、福原の両親の取材を続けるつもりだと言った。黒田はその言葉に納得したようだった。

いったい何をどう納得したのか、谷口にはわからなかった。

ただ、黒田がやる気になれば、谷口はそれだけ振り回されることになる。仕事は嫌いではない。だが、ペースがつかめないのは困る。

今日は朝から、町田に出かけた。

十年も経てば、現場には何もなくなる。周囲の建物も変わるし、住人も変わる。

それでも黒田は現場に行った。現場百遍とよく言われる。その言葉は、警察官だけでなく一般人まで知っている。

何度も現場に足を運べば、必ず新たな発見があるということだ。それはほとんど信仰と言っていいほど刑事たちの間で語り継がれていることだ。

だが、十年後の現場にいったい何があるというのだろう。証拠は消え失せて久しい。今さら目撃情報を得られるわけでもない。

現場に到着したのは、朝の十時頃だった。

黒田は無言で周辺を歩き回った。資料から福原亮助がどこで刺されたのかを割り出し、そのあたりをつぶさに調べていた。

谷口はついにたまりかねて言った。

「いったい、何を調べているんですか？」

黒田は仏頂面でこたえた。

「わからん」

「え、わからんって……」

「自分でも何を探しているのかわからない。だが、探さなければならない。そういうときがあるもんだ。インスピレーションを待つというか……」

「はあ……。インスピレーションですか？」

黒田は苛立った口調で言った。

「おまえもぼうっとしてないで、何かを見つけるんだ」

「無茶ですよ。何を探すかわからないのに、何を見つけるって言うんです」

「だから、何かだよ。それが刑事のセンスってもんだ」

おそらく黒田が言っている何かというのは、違和感とか不自然なもの、というようなことだろう。

それが手がかりとなることが多い。

だが、事件発生から十年も経って、そんなものが見つかるだろうか。谷口は、そんなことを思いながら、黒田について現場周辺を歩き回った。

刺されたのは、当時福原亮助が住んでいたアパートの近くの路上だ。そこはアスファルトの路地だった。

谷口は言った。

「十年も経てば、路面の補修も行われているかもしれませんね。物的証拠は何も残っていませんよ」

「補修工事をしたかどうかなんて、調べなきゃわからん。役所で調べてから言うんだな。それが刑事ってもんだ。すぐに調べて来い」

言わなけりゃよかったと思った。

「それにな……」

黒田は言った。「手がかりというのは、当時のものばかりとは限らない」

　谷口は眉をひそめた。

「どういうことですか？」

　黒田が道ばたを指さした。電信柱の根元だ。そこには、枯れかけた花束が置いてあった。

「花束ですね……」

「誰が供えたのか調べなきゃならない」

「両親じゃないんですか」

「そうかもしれないが、そうじゃないかもしれない。そういうことをすべて確実にしていかなけりゃならないんだよ」

「はい……」

「……というわけで、おまえはまず、役所に行って、道路の補修工事やガス・水道なんかの工事がなかったかどうか調べて来い」

　言われたとおりにするしかない。谷口は市役所に向かった。


　迷惑がられるかと思ったらそうでもなく、市役所の担当者は、てきぱきと十年間の記録を調べてくれた。

　もしかしたら、市役所と自分の有能さを誇示したいのかもしれないと、谷口は思った。

三年前に、水道管の工事が行われ、舗装し直されていた。

「例の事件の現場だってことは、当時の担当者にもわかっていたようですね」

市役所の係員は言った。

「あなたが担当だったんじゃないんですか？」

「二年前の異動で、私が担当になりました」

「それで、何かありましたか」

「血相変えて工事を中止するようにと言ってきた男がいたそうです。そんな話を聞いたことがあります」

「それはどんな男だったんですか？」

「さあ、現場の人たちしか見ていないので、よくわからないんです。現場でうまく対処したようなので、それ以上は大きな問題にはなりませんでしたし……」

まず考えられるのは、被害者の父親だ。

「名前はわからないのですか？」

「わかりません」

「現場の人たちの話は聞けませんかね？」

「請負業者はわかりますが……」

「教えてください」

「市内の業者で、立原管工といいます」

その所在地を聞いて、すぐに向かった。

携帯電話の地図アプリを頼りに業者を捜した。住宅街の中で、それらしい建物が見つからない。

ようやく見つけた立原管工は、ただの一軒家だった。玄関脇に看板が出ているだけだ。尋ねてみたが、経営者は留守だという。現場に出かけているらしい。

どこの現場か聞いて、そこに向かった。

なんとそこは市役所のすぐそばで、何だよ、逆戻りかよ、と谷口は思った。

捜査をしているとこうした無駄はたくさんある。

工事をしている人を一人捕まえて、立原管工の経営者はどこかと尋ねた。

「立原さんなら、あそこだよ」

その男が指さした先に、ユンボがあり、その脇に中年男が立っていた。図面を睨んでいる。

「立原さんですか」

谷口が声をかけると、相手は警戒心を露わにした表情で言った。

「誰だい、あんた」

谷口は警察手帳を出して言った。

「あ、ちょっとお尋ねしたいことがありまして……」

立原は顔をしかめた。

日に焼けた顔だ。経営者でいながら現場仕事をこなしているのは明らかだ。

「何も違法なことはやっちゃいないよ」

「あ、そういうことじゃなくて……。十年前の事件について捜査してるんです。それで、ちょっと……」

「十年前……？　ああ、大学生が刺された事件かい。駅前で被害者のご両親が、今でもビラ配りをしてるな」

「ご両親の姿を見たことがありますか？」

「ああ。俺もビラをもらったことがあるよ」

「三年前、殺害現場の水道管工事を請け負ったそうですね」

「ああ、そんなこともあったな。工事を始めるまで、そこが殺人の現場だなんて気づかなかった」

「工事を中止するようにと言ってきた男がいたそうですね」

「そうだったな。すごい勢いで現場にやってきて、すぐに工事を止めろって言うんだ。俺たちはそういうのに慣れているんだ。騒音だの通行止めだので、文句を言ってくる連中は必ずいるからな。でも、そいつはすさまじい形相だったんでよく覚えている」

「それ、被害者のお父さんじゃなかったですか？」

「いや、違うな」

「ビラをもらっただけでしょう？　断言できますか？」

「できるさ。年が違い過ぎるよ」

「年が違う？」

「そう。年齢は二十代後半から三十歳くらいだったかなあ……。父親よりずっと若いやつだった」

「その人物の顔を覚えていますか？」

「どうかな……。見れば思い出すかもしれないけど……」

「似顔絵とかに協力していただけませんか？」

「無理無理。三年前に一度会っただけだよ。特徴なんて忘れちまってるよ」

「そうですか……。それで、その人物は、どういう理由で工事を中止しろと言っていたんですか？」

「理由なんて言わなかったよ。とにかく工事を中止しろって……」

「どうやって対処したんですか？」

「こっちはただの請負仕事だ。文句があるなら役所に言ってくれ。それを繰り返したよ。そして、これ以上文句を言うなら、威力業務妨害で訴えると言った。そうしたら、引っ込んだよ。まあ、それ、俺たちの常套手段なんだけどね」

「わかりました」

谷口は名刺を渡して言った。「何か思い出したら、ご連絡いただけませんか」

「ああ、いいよ。なに、特命捜査対策室っていうの？　なんだかかっこいいね」

「いやあ、やってることはちっともかっこよくないんですよ。また、うかがうことがあるかもしれませんので、よろしくお願いします」

「ああ、わかった」

谷口は急いで現場に戻った。

継続捜査を開始して初めて得られた手がかりだと思った。

現場に戻ったのは昼の十二時半頃のことだ。そこには黒田の姿はなかった。谷口は電話した。

「今、どこにいらっしゃいます？」

「喫茶店だ」

彼は所在地を言った。また携帯をナビ代わりにしてそこに向かう。

小田急町田駅近くのビルの三階にある喫茶店だ。意外なことに、昼間からジャズの生演奏をやっていた。黒田はその演奏に聴き入っている。

谷口は声をかけた。

「あの……」

「曲が終わるまで待て」

「はあ……」

言われたとおりにするしかなく、谷口はテーブルを挟んで椅子に座り、黙っていた。

やがてジャズの演奏が終わり、谷口は尋ねた。

「どうしてこんなところにいるんですか？」

「こんなところはないだろう。手がかりを追っているうちに、ここにやってきたというわけだ。まあ、ついでに演奏を聴いてたけどな」

「こっちも手がかりがありました」

「じゃあ、出ようか」

店を出て階段を下り、通りに出ると、黒田が言った。

「それで、何がわかった？」

谷口は歩きながら説明した。

話を聞き終わると、黒田が言った。

「二十代後半から三十歳くらいの男か……。その水道工事を請け負っていた業者は、顔を見たんだな？」

「ええ。でも三年も前に一度会っただけなので、特徴は覚えていないと言っていました」

「そういうときは、ダメモトで、本部に来てもらうんだよ。傷害事件の前のあるやつで、該当する年齢のやつらの写真を見てもらえ」

「わかりました」

「明日でいいから手配しろ」

黒田は言った。「よく工事のことに気づいた。そいつはほめてやる。そして、もしかしたら、大金星かもしれない」

「大金星……？」

「現場に花を供える三十歳くらいの男を見たという人がいた。それが、あの店のマスターだったんだ。マスターは、時間があれば近所を散歩するんだそうだ。そして、花を供える若い男を見た。一週間ほど前のことだ。現場にあった花は枯れかけていたから、その男性が供えたものと考えて間違いないだろう」

「被害者と同年代ですね。友人でしょうか」

「おまえ、昼飯は？」

「もちろん、まだです」

「飯食って、また聞き込みだ。町田に来たら一度は行きたいと思っていたラーメン屋があるんだ。付き合え」

何でもいい。食べ物にありつきたかった。谷口は黙ってついていった。

警視庁本部庁舎に戻ったのは、午後六時過ぎのことだ。結局、水道工事を請け負った立原と、ジャズ喫茶のマスター以外に手がかりは得られなかった。

まあ、こんなものだと、谷口は思った。まだ捜査を始めたばかりだ。十年間犯人が捕まらなかったのに、黒田と谷口が調べはじめたとたんに捜査が急展開する、なんてうまい話があるはずもない。

席に戻ると、黒田は言った。

「三年前に工事を中止しろと言ってきた男が二十代後半から三十歳くらい。花を供えていたのが三十歳くらい。もしかしたら同一人物かもしれない」

谷口が言った。

「同一人物でしょう。事件について何か知っているに違いありません」

「そう先走るなよ。何より確証が必要なんだ。同一人物であるという確証は何もない」

「でも、黒田さんは同一人物だと考えているんでしょう」

黒田はしばらく考えてからこたえた。

「発生から十年も経った事件を捜査するのは容易なことじゃない。普通に捜査していたんじゃ埒が明かないのも確かだ。だから、時には大胆な筋読みも必要になってくる」

まどろっこしいな……。谷口は思いながら言った。

「つまり、同一人物だってことでしょう?」

「そうは言ってない。だが、そういう仮定で考えてみる必要はある、と言ってるんだ」

「わかりました。考えてみましょう」

「その人物は三十歳くらいだということだ。おまえが言ったとおり、被害者と同年代だ。被害者は殺害されたとき、十九歳だった。それから十年経った。生きていれば二十九歳ということだ」

「だから、自分は大学の友人かもしれないと考えたのです。そして、事件に関わっている可能性が高いと思います」

「どうしてだ?」

黒田がこういう質問をするときは、こちらを試しているのだと谷口は思っていた。テストを受けているような気分になる。

「その人物の行動が不自然だからです。いくら友人でも、工事を中止しろと血相を変えて詰め寄ったり、十年間も花を供えたりはしないでしょう」

「十年間続けて花を供えていたとは限らない」

「だとしたら、もっと不自然です。一週間前に花を供えていたんです。定期的にこの十年間、供え続けていたと考えたほうが自然でしょう」

黒田が思案顔になった。

「それは何のためなんだろうな……」

「工事を止めさせようとしたのは、普通に考えれば、証拠がなくなってしまうからでしょうね」

「花を供えていたのは？」

「ごく親しかったからでしょう」

黒田がしばらく考え込んだ。

やがて彼は言った。

「それほど親しい友人だったら、すぐにその人物は割れるはずだな」

言われて気がついた。

「そうですね。鑑取りですでにその人物には捜査員が話を聞いていた可能性があります」

「資料はつぶさに当たった。おまえも読んだな？」

「ええ、もちろん」

「そんな人物についての記述はあったか？」

「いいえ、記憶にありませんね」

「もう一度当たってみるんだ」

「資料を読み返すんですか？」

「そうだ」

文句は言えない。二人はさっそく、すっかりお馴染みになった資料をまた読み返した。

谷口は、どこに何が書いてあるか、記憶していた。それだけ何度も読んだのだ。

被害者の友人の名前と供述が記されていたが、どの人物も顔色を変えて現場を保存しようとしたり、十年間も花を供え続けたりするとは思えなかった。

資料を読み終えると、谷口は言った。

「付き合っていた女性なら、考えられないこともないんですけどね……」

黒田は相変わらずの思案顔で言った。

「だが、当時の調べでは交際していた女性はいなかったことになっている」

「そうですね。男性と交際していたというのなら、話は別ですが……」

黒田は谷口を睨んだ。

「あ、すいません。冗談です」

「冗談なんかじゃない。それ、調べる価値はあるな」

「被害者がホモセクシャルだったかどうか、ですか？」

「まあ、何事も確認だ」

黒田は時計を見た。午後八時を過ぎようとしていた。「あとは明日にしよう」

その言葉でようやく解放されると、谷口は思ったわけだ。

その後に続いた黒田の台詞で、それが間違いだったとわかった。

「『かめ吉』に寄るから付き合え。夕飯を奢ってやる」

「はあ……」

先輩に誘われたら断れない。

仕事が終わったらあとはプライベートな時間。できればそういう生活を送りたい。そんなことを思いながら、谷口は黒田といっしょに『かめ吉』に向かった。

11

『かめ吉』はいつものことながら混雑していたが、谷口と黒田はなんとかテーブル席を確保できた。

夕食を奢ってもらうのはありがたいが、谷口は居酒屋でだらだらと飲むのは好きではなかった。夕食は一人でさっさと済ませて、自分の時間を大切にしたかった。

誰でもそうだと思っていた。仕事とプライベートはしっかりと分けるべきだ。だが、どうやら黒田はそうではないらしい。彼には勤務時間という概念がないのかもしれない。

長年刑事をやっていると、どうしてもそうなってしまうのだろうか。

事件が起きると、勤務時間だのプライベートだのと言っていられなくなる。捜査本部ができたりすると、文字どおり不眠不休だ。

かといって、食事の誘いを断るわけにもいかない。谷口はそれほどマイペースではない。もっと若い世代だと、会社の飲み会も平気で断る者もいるらしい。

さすがに、警察学校でしっかりと集団行動を叩き込まれるので、そこまで自分勝手なことはできない。

黒田だけではない。こうして、『かめ吉』に来ると、必ず記者が寄ってくる。いわゆる夜回りだ。

彼らも酒を飲みながら、仕事をしているのだ。こうして、刑事のプライベートの時間は奪われる。

黒田は迷惑そうに記者たちを追い払おうとする。本当に嫌なら、『かめ吉』になんて来なければいいんだと、谷口は思う。

記者がやってこない飲み屋はいくらでもある。『かめ吉』は刑事や記者たちの溜まり場で、谷口に言わせれば職場と変わらない。

黒田がここに来る理由は一つだと谷口は思っていた。

おそらく彼は、布施を待っているのだ。

時計を見ると、八時四十五分だ。黒田は、ビールをちびちびと飲んでいる。彼は無口なので、話も弾まない。

昼間に集めた情報について話をしたいが、まさか記者たちがあちらこちらにいる店の中でそんな話をするわけにもいかない。

谷口は、仕方なく黒田同様にビールを飲みながら、昼間のことを考えていた。

被害者と同年代の男。

水道の配管工事に対して抗議をした人物と、殺人現場に花を供えた人物。

おそらく同一人物だろう。それは何者なのだろう。

被害者とごく親しい人物だろうか。

だとしたら、その人物は鑑取りの段階で特定されているはずだ。もしかしたら、当時の捜査員はその人物を知っていたが、記録に残さなかっただけなのかもしれない。

そうであれば、当時事件を担当していた捜査員に話を聞けば、その人物のことがわかる可能性もある。

ジャズ喫茶のマスターが、花を供える人物を目撃したということだ。彼が人相を知っている。

ビールを一口飲んで、谷口は思った。何のことはない。この自分も仕事のことを考えているじゃないか。どうやら、黒田の影響を受けたようだ。

谷口は、黒田に言った。

「布施さんを待ってるんですか？」

「ああ……？」

黒田はぼんやりと店内を眺めながら言った。「そんなことはない」

「じゃあ、『かめ吉』に来ることはないじゃないですか」

「俺はここが気に入ってるんだ」

「気に入っている？　どこがいいんですか」

「安いし、量が多い。うちのカイシャの者は、ツケが利くしな」

「黒田さんは、ツケなんかにしないで、毎回ちゃんと払っているじゃないですか」

「若い頃に世話になったんだよ。そういう恩は忘れない。ここに来ればほっとする。自分の家で飯を食っているようなもんだ」

「記者たちが寄ってきてもですか？」

「どこにいたって記者は寄ってくる。おまえだって、もう少ししたら夜討ち朝駆けにあうぞ」

「そういうのって、係長以上の話なんじゃないですか？」

「そんなことはない」

「昼間の話、ちょっとしていいですか？」

黒田は相変わらず店内を眺めながら言う。

「他人が聞いてわからないように話すならな」

「昔の担当者に会いたいんです」

「ほう……」

「工事の件と花束の件。もっと調べてみたいんです」

「そう思うなら、当たってみろよ」

「わかりました。明日の朝一番でかかります」

そのとき、谷口の背後から声がした。

「え、何……？　工事とか、花束って、何の話？」

振り向くと、小太りで童顔の男が立っていた。紺色の背広を着ている。東都新聞社会部の持田豊だ。

まったく、記者は油断も隙もない。

黒田がたちまち不機嫌そうな顔になった。

「何でもない。あっちへ行け」

持田はおかまいなしに、テーブルの脇にやってきた。

「谷口さん、もっと調べたいって、今抱えている事案のこと？」

谷口は、返事をしなかった。

布施が相手ならばあまり不快な思いはしない。彼は、根掘り葉掘り質問したりはしない。ただ楽しげに酒を飲んでいるだけだ。

だが、持田のような記者にはつくづく閉口する。

ずかずかと近づいてきて、なれなれしい口をきく。

黒田が言った。

「あっちへ行けと言っただろう。蹴飛ばすぞ」

「あ、蹴飛ばしたりしたら、傷害罪ですよね。僕、訴えますよ」

「公務執行妨害で逮捕するぞ」

「公務なんて執行してないじゃないですか」

「俺たちが公務中かどうかなんて、あんたにわかるのか?」

「酒飲んでるじゃないですか」

「酒を飲んだ振りをして張り込みをしているかもしれない」

「そんなばかな。ここ『かめ吉』ですよ。誰を張り込むというんです?」

「対象者はあんたかもしれない」

持田は、にっと笑った。黒田が冗談を言ったと思っているのだろう。もちろん、本気で言ったわけではないだろう。だが、持田を喜ばせようとして言ったのではないことは確かだ。

持田はにたにたと笑ったまま言った。

「十年前の町田の事件を担当してるんですって? 何か進展があったということですか?」

黒田は持田と眼を合わせようとしない。

「事件の話なんてしてねえよ。こんな場所で仕事の話をするはずがないだろう」

「じゃあ、工事とか、花とか、何の話なんですか？」

「知り合いが新居を建てるんだよ」

谷口は言った。「その建築工事がいつ終わるのか？　新築祝いの花は、いつ頃手配したらいいのか……。そういうことを調べておくって言ってたんだよ」

「新築祝い……？　いったい、誰の家」

「そんなこと、あんたに言う必要はないだろう。プライベートなことだ」

「黒田さんと話し合っているんだから、カイシャの人だよね」

「うるせえな」

黒田が言った。「早く消えろ」

「いいじゃないですか。もうちょっとだけ」

黒田が立ち上がって谷口に言った。

「おい、引きあげるぞ」

谷口も慌てて立ち上がった。

持田が言った。

「これ見よがしに、帰らなくたっていいじゃないですか」

黒田が言った。

「あんたがいなくならないのなら、俺たちがいなくなる。単純なことだ」

黒田はカウンターで勘定を済ませる。結局その日はそれでお開きになった。

持田のおかげとも言える。彼は面倒なやつだが、今日ばかりはちょっと感謝してもいいかもしれない。

谷口はそんなことを思いながら帰宅した。


九時の最終会議に、またしても布施は姿を見せなかった。

鳩村は、確定の項目表を前に、最終打ち合わせをしていた。項目表はぎっしりと埋まっている。

九時の会議が終われば、飛び込みのニュースがない限り、オンエアは無事に進むだろう。

鳩村が気になっているのは、鳥飼がトップニュースに対して述べるコメントのことだ。環境大臣が、政治資金規正法に違反しているのではないかという疑いが浮上した。それについて、野党は総理の任命責任を徹底的に追及する方針だった。

政治資金規正法に、総理の任命責任。何度か聞いたことのある話だと、鳩村は思った。おそらく、視聴者もそう感じているに違いない。

だからといって、取り上げないわけにはいかない。センセーショナルなニュースばかりが注目されがちだが、こういうニュースも重要だ。

マスコミには権力を監視する役割もあるのだ。政治と金の話は、何度も繰り返されるネタだが、そのつど報道する責任がある。

鳥飼はいったい、どんなコメントを出すのだろう。

現政権に対する批判は、できるだけひかえてほしいと鳩村は思った。スポンサーがあまりいい顔をしないのだ。

さらに、放送は許認可事業だ。電波法の縛りがあるのだ。そこが新聞とは違うところだ。

理由もなく無線従事者免許や無線局免許を取り消されることはあるまいが、安心はできない。

行政がその気になれば、何か理由を見つけて免許取り消しや停止をちらつかせて圧力をかけることもできる。

ジャーナリストとしては、そんなことは気にすべきではないと、鳩村は思う。だが、その一方で、テレビマンとしては、気にせざるを得ないのだ。

最終会議でも、鳥飼はコメントの内容については触れなかった。鳩村も尋ねなかった。

なんだか、尋ねてはいけないような気がしていた。鳥飼との信頼関係の問題だった。ここでしつこくコメントの内容を尋ねれば、鳥飼は、自分が信用されていないと感じるだろう。

栃本も質問しなかった。

最終会議では、トップニュースが政局であることに、彼も文句は言わなかった。今日のところはすでに決定事項なのだ。

だが、次回のオンエアまでに、また栃本が何か言い出す恐れがあると、鳩村は思っていた。彼は間違いなく、波乱を呼びに来た。有り体に言えば、引っかき回すのが目的なのだ。

そんなやつに、『ニュースイレブン』を任せるわけにはいかない。俺がしっかりと監視をしなければならないと、鳩村は思っていた。

布施に加えて、栃本も監視しなければならないのだ。まったく、苦労が絶えない。

鳩村は、そっと溜め息をついた。

その栃本が言った。

「布施さんはどこにおるんやろ」

「さあね」

鳩村が言った。「どこかに飲みに行ったんじゃないか」

「そらええな。私も会議はパスして、どっか食事に行きたい」

「好きにすればいい」

鳩村は、半ば本気だった。「布施と二人で姿を消してくれるとありがたい」

香山恵理子が言った。

「どこかで取材してるんでしょう。オンエア間際に、布施ちゃんのスクープが飛び込んできたことが、過去に何度もあったわ」

鳩村は言った。

「あいつは運がいいだけだ」

栃本が言う。

「運も実力のうち、言うやないですか」

いつもなら、布施の話題に乗ってくる鳥飼が何も言わない。彼は、何事か考えている様子だった。

鳩村はそれが気になっていた。

今日のヘッドラインが入り、確定CMとなった。

CMが明けたらトップニュース。鳩村は副調でモニターを見つめていた。万が一、鳥飼が不適切なことを言いそうになったら、即座にストップをかけなければならない。それは鳩村の役割だった。

CMが明けて、香山恵理子がニュースを読んだ。映像はすでに使ったことがある環境大臣のぶら下がりの模様だ。そして、総理大臣が官邸の記者団の前を素通りする様子。

映像がスタジオに切り替わった。鳩村は、鳥飼に注目した。

「政治と金の問題は、またか、という印象ですね。野党は徹底して追及すると言っているわけですが、毎度毎度鬼の首を取ったように批判するのはどうかと思います。法的な措置を待って、野党も冷静に対処してほしいですね。何でもかんでも総理の責任追及じゃ、国民もうんざりですよ。大切な法案が山積みなんですから、こんなことで国会の審議がストップするのは考えものです」

鳩村はうなった。

現政権の批判でなかったのはよかった。しかし、これでは鳥飼が、現政権の味方をしているように思われかねない。

『ニュースイレブン』は、決して反与党ではないが、これまで与党や現政権に対する批判もしてきた。

あくまでもバランスが大切だと、鳩村は思っており、鳥飼もその方針を理解していたはずだ。少なくとも、これまでは鳥飼はそれに従ってくれていた。

キャスターを辞めるので、もうどうでもいいと考えているのだろうか。

鳩村はそれを危惧した。

鳥飼のコメントを受けて、香山恵理子が言った。

「たしかに、多くの国民がそのように感じているかもしれませんね」

彼女は、続いて次のニュースを読みはじめた。

「さすがやな……」

栃本の声がして鳩村は、はっとそちらを見た。いつの間にか栃本が副調にやってきていた。

「さすが……？　鳥飼さんのことか？」

「鳥飼さんもそやけど、なんちゅうても香山さんや。たった一言で、鳥飼さんのコメントの危ないとこ消してしもた」

「危ないところを消した？」

「そや。鳥飼さんのコメント、投げっぱなしやったら、野党に対して、現政権側から文句言うたように聞こえたはずや。それを、香山さんが、多くの国民の声、ゆうふうな印象に変えてしもたんや。たいしたもんや」

「たしかにそうだが……」

どちらにしろ、何らかの反応があるはずだと、鳩村は思った。

その危惧を見越したように、栃本が言った。

「クレームの電話があっても、これで、鳥飼さんは、視聴者の声を代弁したんや、ちゅうて言い訳が立ちますやろ」

栃本の言うとおりだ。

鳩村はその方針でいくことにした。

栃本が、しみじみした口調で言った。

「鳥飼さんもやりよるなあ……。あないなコメント出さはるんなら、トップが政局でもおもろい」

鳩村は顔をしかめた。

「こっちは冷や冷やだよ」

栃本はモニターに眼をやったまま言った。

「肝を冷やすくらい、どうっちゅうことあらへん。それが上の者の仕事やないですか」

「え……」

栃本が鳩村を見た。

「誰かが冷や冷やするくらいの番組やないと、視聴者は見向きもせえへん」

「だからといって、問題を起こす必要はない」

「誰にとっての問題か、考えなあきまへんなあ」

「誰にとっての問題か……？」

「そうです。デスクの胃が痛くなる問題やったら、どうっちゅうことあらへん。報道局にとって問題やっちゅうんなら、デスクか私が腹切れば済むこっちゃ。局にとって問題やっちゅうんやったら、油井報道局長に腹をくってもろたらええんです。与党にとっての問題やったら、それおいしいんちゃいまっか」

「おいしい……」

「メディアは権力の見張り番。デスクはそう思とるんやろう」

「まあ、そりゃそうだが……」

「与党を慌てさせるようなことがあったら、ジャーナリスト冥利(みょうり)に尽きるちゅうもんや」

「まあ、そうだけどな……。問題は起こさないに限る」

「なんでですのん？」

「なんでって……。当然だろう。何かあって『ニュースイレブン』が打ち切り、なんてことになったら困るだろう」

「誰が困るん？」

「誰がって……」

「何のために番組を存続させなあかんのです？」

「それは……」

何のためだろう。

鳩村は自問した。報道局のためだろうか。局全体のためだろうか。

こたえに窮していると、栃本が言った。

「番組がなくなったら、言いたいことが言われへんようになる。そう思てはるんですか」

「そうだ。何かを言い続けるためには、発言の場がなければならないんだ」

「今、言いたいこと、言えてまっか？」

「なに……？」

「今、言えてへんのやったら、この先も、言われへんのとちゃいまっか」

鳩村は、またしても言葉を呑み込んだ。

再び、確定ＣＭに入った。それを機に、栃本が副調を出ていった。

鳩村は、その後ろ姿を見て思った。

おまえは野党のようなものだ。責任がないから好き勝手に理想論を語れる。

そう思いながら、鳩村は何か割り切れないものを感じていた。それが不愉快だった。

12

オンエア中にも視聴者からの電話が鳴っていた。番組を見てわざわざ電話してくるのは、よほど退屈しているか、そういう習慣がある人たちだ。

クレーマーの主張に耳を傾けるほどの価値はないと、鳩村は思っていた。

対応したスタッフによると、半分以上は、鳥飼に賛同する電話で、熱心に応援すると言った人もいたようだ。

そういう電話なら、俺が受けてもいいんだがな……。

鳩村はそんなことを思った。

それにしても、賛同の電話が来るなどというのは、これまでの鳩村には経験のないことだった。

それだけ、鳥飼のコメントが視聴者の心に残ったということだろう。

番組が終わる頃、最大野党の幹事長から鳩村の携帯に電話がかかってきた。

「はい、鳩村です」

鳩村は、電話を耳に当てながら、副調を出た。

「俺たちはね、冷静なんだよ」

「鳥飼のコメントのことですね」

政府与党ばかりではない。野党の反応にも気を遣わなければならない。でないと、いざというときに、出演拒否にあったりする。

「政治資金規正法は重要だよ。無視できない。追及するのが当然だろう」

「私もそう思います」

「じゃあ、あのコメントはキャスターの私見ということなのか？」

難しい質問だ。ここで返答を誤ると、鳥飼をやり玉に挙げることにもなりかねない。

鳩村はこたえた。

「オンエアしたのですから、あくまで番組の公式なコメントです」

「じゃあ、『ニュースイレブン』は、我々の追及姿勢を批判しているということだな」

「そうじゃありません。香山がコメントしたように、あくまで国民の中にそういう声があるということです」

「あんたの番組は、与党寄りに立場を変えたのかと思ったよ」

「そんなことはありません。できるだけ偏りのないように心がけています」

「念のために言っておくが、圧力をかけた、なんて思わないでくれよ」

釘を刺すために電話してきたくせに……。

鳩村はそう思いながら言った。

「そんなことは思いませんよ。番組に対するご意見は歓迎です」

「忙しいところ、邪魔したな。では……」

電話が切れた。

与野党含めて、大物政治家から、直接携帯に電話がかかってくることなど、極めて稀だ。それだけ鳥飼のコメントの影響が大きかったということだろう。

大きな問題に発展しなければいいが……。そう思いながら、番組の終わりを見届け、鳩村は報道フロアに戻った。

いつも会議をやる大テーブルに布施の姿があったので、鳩村は驚いた。

「こんなところで何をしている」

「何って……。俺、『ニュースイレブン』の記者ですからね。ここにいても不思議はないでしょう」

「てっきりどこかに飲みに行っているんだと思っていた」

「オンエア、見てたんですよ」

そこに、スタジオから鳥飼と香山恵理子が引きあげて来た。

二人ともいつもと変わらないように見える。

「お疲れ様」

鳩村は言った。「冒頭のニュースのコメント、けっこう反響がありましたよ」

鳥飼は無表情だ。

「そうか……」

「それに対する香山君のリアクションがよかったと、栃本がほめていた」

「CMの最中に、鳥飼さんとも話していたんだけど、あのコメント、妙にリアルに響いたのよね。だから、自然に反応できたわ」

いつもの鳥飼なら、笑顔で軽口の一つも言いそうなものだ。だが、彼は何も言わなかった。

布施が鳩村に尋ねた。

「どんな反響だったの?」

「もちろんクレームも多かったが、それ以上に賛同する意見も多かったようだ。それから、最大野党の幹事長から、俺の携帯に直接電話があった」

「鳥飼さん、たった一言で番組に新風を呼び込んだかもしれませんね」

鳥飼が、ようやく笑顔を見せて言った。

「そいつは大げさだよ」

「いや、ここしばらく、視聴者からの電話なんてなかったんです。それに、デスクのところに野党の幹事長から電話があったんですよ」

「俺は、思ったとおりのことを言っただけだよ」

「それができていなかったんじゃないですか」

「できてなかった？」

「鳥飼さんが、ということじゃないです。番組全体の話です。思ったとおりのことが言えてなかったのかもしれません」

布施の話のトーンが、栃本と似ているような気がして、鳩村はまた不愉快になった。

「コメントは熟慮した上で出す。これまでそうしてきたんだ」

布施が鳩村に言った。

「いろいろなところに角が立たないように考慮して、結局、官僚の答弁みたいに訳がわからないか、当たり障りのないコメントになっていたじゃないですか」

「ニュース番組なんだから、それでいいんだよ」

「そうかなあ……」

鳩村は、ここで議論を始めるつもりはなかった。話を締めくくるつもりで、鳥飼に言った。

「とにかく、今日は番組としてはなかなかの手ごたえがありました。しかし、肝を冷やしたことも確かです。できれば今後は、コメントを事前に私に知らせていただけませんか」

鳥飼は曖昧にうなずいた。

「これまでどおりということだね。まあ、俺もそれでいいと思うよ」

何か言うのではないかと思い、鳩村は布施のほうを見た。布施は何も言わなかった。

「じゃあ、俺はこれで……」

鳥飼は報道フロアを出ていった。鳩村は、その後ろ姿が見えなくなるまで見つめていた。

辞めるというのは本気だろうか。だとしたら、後任を決めなければならない。いや、それ以前に、考え直すように説得をしなければならないだろう。

「町田の事件のほうはどう？」

そう言う香山恵理子の声で、鳩村は彼女のほうを見た。

布施がこたえた。

「いや、どうと言われても……。十年も前の事件だから、特に進展はないですねえ。警察の発表もないし」

「布施ちゃんが注目していると言うから、私は期待しているのよ」

「いやあ、期待されると困りますよ」

鳩村は言った。

「番組で取り上げてくれと言ったのはおまえだろう。それなのに期待するなと言うのはどういうことだ」

「過剰な期待は困るということです。取り上げてくれるんですか？」

「ニュースバリューがあれば取り上げるよ」

「わかりました。考えます」

「何を考えるんだ？」

「そうですね……。たとえば、類似の事件とか……」

恵理子が尋ねる。

「類似の事件？　行きずりの殺人ってこと？」

「まあ、そうですね……」

鳩村はかぶりを振った。

「一つの事件で取り上げられないからって、束にしたってだめだぞ。特集にするなら、斬新な切り口がないとな」

恵理子が言う。

「あら、類似の事件を探して、つぶさに調べると、そこからある方向性が見えてくるかもしれないわ」

「行きずりの殺人をいくつか並べたところで、何か目新しいものが見えてくるとは思えないな。都市化現象とか、地域社会が失われたとかの、聞き飽きたことしか出てこないだろう」

恵理子は布施に言った。

「それについてはどう思う？」

布施は肩をすくめた。

「とにかく、類似の事件を当たってみますよ。何か見えてくるかどうかは、それからですね」

「何か手ごたえがあったのね」

「いや、そんなことないですよ。じゃあ、俺も帰ります」

布施が立ち上がった。

鳩村は言った。

「十年も前の事件に気を取られていないで、番組のためにちゃんとニュースを取材してきてくれ」

「はあい」

布施は振り向かぬまま返事をして片手を振った。

上司に対して失礼な態度だが、なぜか布施ならば仕方がないと思えてしまう。

　恵理子が言った。

「私も布施ちゃんを手伝って、町田の事件や類似の事件を調べてもいいわよね」

「空き時間に何をしようと自由だけど、その件を番組で取り上げるとは限らないぞ」

「多数決で決めたじゃない」

「取材をすることを認めただけだ。それを取り上げるとは、まだ言ってない」

「空き時間に何をしても自由でしょう？」

「ああ。でも、布施だっていつもスクープをものにするとは限らないんだぞ」

「取材に協力することで、わかるかもしれないわ」

「わかる？　何がだ？」

「布施ちゃんの思考パターン。彼は間違いなく、ちゃんと考えているわ」

　鳩村は何も言わなかった。


　翌水曜日。谷口は登庁するとすぐに、町田事件が発生した当時の担当者の名前を調べはじめた。

　書類にある名前をリストアップし、彼らが今どこにいるかを調べた。十年も経てば何度か異動しているだろう。それを追跡しなければならない。

　人事二課に尋ねればたいていのことはわかるが、それでも直接電話をして確認してみなければならない。

十年も経てばみんな出世しているのだろうと思ったが、実はそうでもない。刑事畑にいる人の中には、巡査部長で定年を迎えるような人もいる。

河村喜久夫もそうした刑事の一人だった。彼は事件当時巡査だったが、十年経った今もまだ巡査部長だった。年齢は五十四歳だ。

河村は小松川署刑事組対課にいた。谷口が特に彼に注目したのは、電話をしたときに、こんなことを言われたからだ。

「町田の事件だって？　あんたらもか」

谷口は聞き返した。

「あんたらもって、どういうことでしょう」

「昨日のことだ。ある記者が、その件について話を聞きたいと言ってきたんだ」

「ある記者……？　どこの何という記者です？」

「TBNの布施ってやつだったな」

「お会いになったのですか？」

「訪ねて来るというんでな」

「どんな話をしました？」

「おい、電話をかけてきて、いきなり質問攻めか」

「あ、すいません。我々もそちらにうかがいますので、お話を聞かせていただけませんか？」

「いいよ。今日の午後一時過ぎなら時間が取れる。何か事件が起きない限りな」

谷口は、その話を黒田に伝えた。案の定、黒田は関心を示した。

「布施が、当時の担当者に……？」

「そうです。自分は会いにいってみようと思うんですが……」

「おまえだけじゃ心配だな。俺も行こう」

そう言うと思っていた。

早めに昼食を済ませて、江戸川区松島一丁目にある小松川警察署に向かった。ＪＲ新小岩駅まで電車を乗り継いで行き、そこからバスに乗る。

河村は自分の席で待っていた。彼は、谷口が想像していたとおりの警察官だった。短く刈った髪はごま塩だった。よく日焼けしており、眼光が鋭い。

絵に描いたように典型的な所轄の刑事だ。

「よお、あんたら特命捜査対策室だったたっけ？　未解決事件担当とは、ご苦労なこったな」

谷口は自己紹介し、黒田を紹介した。

河村はうなずくと言った。

「そのへんの椅子に掛けてくれ。それで、何が訊きたいんだ？」

言われたとおり、谷口と黒田は、近くの椅子を持ってきて腰を下ろした。

谷口が何から質問しようか考えていると、黒田が言った。

「布施という記者が訪ねて来たんだそうですね」

「ああ。妙な記者だったな。事件のことを根掘り葉掘り訊くかと思ったらそうじゃなかった」

黒田がさらに尋ねる。

「あいつは何を質問したんですか？」

「ん……？　あの記者を知ってるんだね？」

「知っています。ＴＢＮの『ニュースイレブン』という番組の記者です」

「ああ、そんなことを言ってたな」

「何度もスクープをものにしているんです」

「そんな敏腕記者には見えなかったがな……」

「それが曲者（くせもの）なんです」

「質問の内容だってぱっとしなかったぞ。当時、捜査本部内でどんな読みがあったのか知りたがっていた。刑事がそんなことを記者に話すわけがないだろう」

「その質問にはこたえなかったということですね」

「こたえるも何も……。読みなんてほとんどなかったよ」

「筋読みがなかった……」

「行きずりの犯行だよ。鑑取りができない。目撃情報を当たるしかない。あとは、傷口から凶器を特定してそっちから攻めるとかな……」

「目撃情報も凶器の線も空振りだったということですか」

黒田は、捜査の経緯を詳しく知っていながら質問している。谷口はそれに気づいていた。二人とも捜査記録は詳しく読んでいる。目撃情報のことも、凶器についての捜査も、すでに頭に入っている。

河村は頭をかいた。

「そう。目撃情報が得られなかった。住宅街とあって、防犯カメラもなかった。当時は今ほど防犯カメラが多くなかったしな……。凶器の線もたどりきれなかった」

「凶器は刃物だったんですね。たしか、刃渡りが十八センチほどの……」

「ああ。いわゆるサバイバルナイフというやつだってことは突きとめたんだ。販売経路も調べたよ。だけどな、インターネット通販がネックになった」

店舗で売買したものなら、たいていはたどれる。どこの店で、どういう人物が購入したのか特定できるのだ。

だが、インターネット通販となると、どこの通販サイトで誰が注文したのか、とてもではないがたどりきれない。

黒田は確認するようにうなずいた。

「なるほど……」

河村は顔をしかめて言った。

「布施っていう記者は、さらにトンチンカンなことを言っていた」

「何です？」

「犯人はどうしてサバイバルナイフなんて持っていたんでしょうね。そう言ったんだ。そんなこと、知るかよ」

黒田は、眉をひそめた。

「どうしてサバイバルナイフを持っていたか……？」

「そうだよ。粋がってナイフを持ち歩くばかがいるんだよ。だから、その取り締まりを強化している」

かつては、銃刀法で刃物を取り締まっていたが、今では軽犯罪法でも取り締まっている。つまり、刃渡りの長短やストッパーの有無などに関係なく、ナイフを携帯しているだけで検挙する方針だ。

黒田が質問を続ける。

「布施のその問いに、何とこたえたのですか？」

「今と同じだよ。知るかよって言ったんだ。ばかがナイフを持ち歩くのに理由はないだろう」

「でも、行きずりの犯行だったんですよね」

「そうだよ。たまたまナイフを持っていたから事件になっちまった。そういうことだろう」

そこまで言って河村は怪訝そうな顔になった。「何だよ。何か気になることでもあるのか？」

「気になること……」

黒田が言った。「そう。布施がどうしてそんな質問をしたのか、気になりますね」

13

火曜日が当番日だったので、翌水曜日は非番だ。鳩村はたいてい、非番でも局に顔を出す。

午前中は自宅にいて、局に行くのは午後にしようかと考えていると、携帯電話が鳴った。油井報道局長からだった。

「はい、鳩村です」

「今どこにいる？」

「非番なので自宅にいます」

「話があるんだが、局に出てこられないか」

「午後から出るつもりでしたが……」

「できれば、すぐに会いたい」

局長にそう言われたら断れない。

「わかりました。すぐに行きます」

鳩村は出勤の仕度を始めた。

妻が声をかけてくる。

「あら、出かけるの？」

「局長から呼び出しだ」

「非番なのに、ごくろうさまだわね」

「まったくだ……」

鳩村は、局に向かった。

上の者に逆らえないのは、鳩村が真面目で律儀なせいもあるが、もともとテレビ局というのはそういうところなのだ。

時代の最先端を走っていた頃にも、テレビ局は、意外なことにけっこう封建的だった。映画業界の経験者が多かったせいか、徒弟制度が色濃く残っていた。

ヒットを飛ばしているプロデューサーには誰も逆らえないという雰囲気もあった。

報道の世界でも、名物ディレクターや名物記者がいたようだ。

今ではすっかりそうした雰囲気が薄まってしまった。よくも悪くも局員たちは平均化されてしまったように感じる。

それでも、局長やプロデューサーには逆らえないという雰囲気は残っている。

鳩村は、局に向かう道すがら、考えていた。

たしかに、局の雰囲気は昔とは変わった。

学歴偏重で、いい大学の成績優秀な学生ばかり採用するからこういうことになってしまったと言う者もいる。

時代が変わり、テレビが最新のメディアではなくなったからだと言う者もいる。

理由は一つではないだろう。

たしかに、昔は下っ端はたいへんだった。その反面、勢いとか熱というようなものがあった。

テレビ業界はもはや斜陽産業なのだ。熱のなさは、そのせいなのだろう。

鳩村はそう思うと、無力感を覚えた。

局長の呼び出しは、たいていは悪い話だ。局長室にはほとんどいい記憶がない。鳩村は、訪ねる前からうんざりした気分になっていた。

「失礼します」

「おお、鳩村か。非番の日に済まなかったな」

「いえ……」

油井局長は、大きな両袖机の向こうにでんと構えていた。

鳩村は何を言われるかと冷や冷やしていた。

「昨日のトップの件だ。鳥飼さんのコメント」

やはりどこかからクレームがついたか……。鳩村は、覚悟を決めた。局長から文句を言われるのには慣れている。

「いやあ、与党の重鎮から連絡があって、国民の意見を尊重したいいコメントだったとほめられた」

鳩村は意外な思いで、油井局長の顔を見た。いつになく笑顔だった。

「与党から……」

なるほど、野党からはデスクの鳩村のところに電話が入り、与党からは局長のところに入るのか……。

鳩村はそんなことを考えていた。

「そうだ。いつもはクレームだが、今回は違った。視聴者の反応もよかったそうじゃないか」

「ええ。けっこう電話がかかってきたようです」

「デスクの指示なのか？」

「いえ、鳥飼さんがご自分でコメントを入れたいとおっしゃいまして……」

「鳥飼さんも、ようやくアンカーとしての自覚が出てきたかな……」

「はあ……」

彼がキャスターを辞めようかと考えていることを、話すべきか、鳩村は迷った。

しばらく考えていたが、結局まだ話さないほうがいいだろうという結論に達した。

「視聴者は、アンカーマンの声に耳を傾ける。ニュースショーでアンカーマンが果たす役割は大きい」

伝統的にアンカーマンという言い方をされるが、最近はアンカーパーソンと言うらしい。女性キャスターを考慮してのことだろう。

油井局長は付け加えた。

「だが、ここが肝腎だぞ」

「肝腎と言いますと?」

「自覚が出るということは、欲が出るということだ。へたをすると暴走しかねない。うまくコントロールするのがデスクの役目だ」

「それはわかっていますが……」

「何だ?　何か言いたいことがあるのか?」

「暴走しそうなのが、他にもいますからね……」

「誰のことだ?」

「まずは布施です」

「布施はいいじゃないか。次々とスクープをものにしているんだ」

「スクープを取ってくればいいというものではありません」

「他に何を記者に求めるんだ？　それ以上のことがあるか」

油井はもともと報道畑ではない。バラエティー番組などでヒットを飛ばした経験があり、その手腕を報道の世界でも活かせるのではないかと抜擢されたのだ。

だから、ジャーナリストの使命などということを説明してももらえないだろう。鳩村はそう思っていた。油井は根っからのテレビマンなのだ。

「あいつが番組のことを考えているかどうか、疑問なんです」

「番組のことを考えているから、スクープを取ってくるんだろう」

「自分勝手に興味のあることだけを追っかけて、それがたまたまスクープにつながっているだけだと思います」

「結果を出しているんだから、いいんじゃないのか」

「ツキがあるうちはいいです。でも、そのうちにツキに見放されます。そのときに、拠り所になるのは、ジャーナリストとしての信念です」

「俺はそういう曖昧なものは信用しない。局にとって大切なものはただ一つ。数字だ」

この場合の「数字」というのは、視聴率のことだ。

民放はすべて、視聴率で物事が決まる。編成も人事も視聴率次第だ。

スポンサーから金を出してもらって成り立っているのだから仕方のないことだと、鳩村は思う。それが嫌なら、民放を辞めてＮＨＫに行くしかない。

それはわかっているが、それでも、報道マンには視聴率より大切なものがあると思っている。

それはもしかしたら、学生の思い込みのような青臭いものなのかもしれない。だが、それを捨ててはいけないと、鳩村は思っていた。

そして同時に、油井には理解してもらえないものであることも、充分に承知している。

「今も布施は、番組ではとうてい取り上げられそうもない、十年前の事件に興味を持っているようなんです」

油井は眉間にしわを刻んだ。

「十年前の事件？　何だそれは」

鳩村は、町田の事件についてかいつまんで説明した。話を聞き終わると、油井局長は言った。

「ふうん……。未解決事件ねえ……。だが、行きずりの犯行なんだろう？」

「そういうことになっていますね」

「ありきたりの事件だ」

「被害者の両親がいまだにビラ配りをして情報を集めています。関係者にとっては、ありきたり、じゃ片づけられないと思います」

「我々は関係者じゃないし、ほとんどの視聴者も関係者じゃない。だから、ありきたりの事件だ」

「まあ、そういうことになりますか……」

「それなのに、どうして布施は興味を引かれているんだ？」

「おそらく、両親のことが気になっているのだと思います。布施はあれでなかなか感傷的なところがありますから……」

「感傷的？　まさか、布施が……」

そう言われて鳩村も、おや、と思った。

どうして、俺はそんなことを言ったのだろう。布施が感傷的だなんて、これまで思ったこともないはずだ。

「布施が、訳のわからないことに興味を持つのは珍しいことではありません。もっと、番組のためになることを取材してほしいんですがね……」

「だが、それがスクープに結びついているんじゃないのか？」

「今回はどう考えてもニュースバリューはありません。十年前の行きずりの殺人なんです」

油井局長は、しばらく考え込んだ後に言った。

「まあ、そのへんのことは、おまえに任せる。デスクなんだから、うまく仕切ってくれ」

「はあ……」

「それから、と言いますと？」

「それから……？」

「おまえは、まずは布施、と言って話しだしたんだ。まず、ということは、その次もあるということだろう」

この際だから、言っておいたほうがいいと、鳩村は思った。

「栃本のことです」

「栃本がどうした」

「彼は、『ニュースイレブン』には馴染みません。いろいろと悪影響が出るのではないかと心配しています」

「悪影響だって？」

「彼には、報道番組とバラエティーの区別がついていないのです」

油井局長は、しばらく黙っていた。

しまった、と鳩村は思った。

油井局長もかつてバラエティーを担当していたことがある。彼を批判したように聞こえたかもしれない。

何か言い訳をしようかと、鳩村は考えた。だが、うまい言葉が浮かばなかったし、むしろ事態を悪化させるような気がしたので、黙っていることにした。

やがて、油井局長が言った。

「栃本は俺がＫＴＨから呼び寄せたんだ」

「その話はうかがっています。そのために栃本をセントラル映像に出向させたんですよね」

「そうだ」

「そうまでして、彼を呼んで『ニュースイレブン』のサブデスクに据えた理由は何ですか？」

「もちろん、番組のてこ入れだ。悪影響とおまえは言ったが、もしかしたら、それはいい影響なのかもしれない」

「私にはそうは思えません。番組を引っかき回しに来たとしか思えないんです」

「栃本が来たことで、鳥飼さんが変わった。そうじゃないのか？」

意外な言葉だった。

鳩村は戸惑った。

「いや、栃本が来たことと、鳥飼さんは関係ないと思います」

本当に関係ないかどうかはわからない。

鳥飼が番組を降りたいと言い出した理由は栃本なのかもしれない。鳥飼のコメントは、栃本に対する抵抗なのではないだろうか。

辞める決意をしたことで開き直れたのだろうと、鳩村は考えていた。

だが、鳥飼の辞意を、まだ油井局長に話すわけにはいかない。だから、油井に対する鳩村の言葉は歯切れが悪かった。

「おまえがそう思ってるだけじゃないのか？　栃本が来てすぐに結果が出たってことだろう。俺にはそう見える」

「『ニュースイレブン』のてこ入れは、栃本のようなやつがいなくてもできます」

「どうやって？」

「は……？」

「どうやっててこ入れするんだ？　どうやって数字を上げるのかって訊いてるんだ。いいか？　今どきの若い連中はニュースをネットで知るんだ。新聞も取らない。テレビのニュースも見ない。テレビを持っていないやつがたくさんいるんだ。テレビを見ていた世代はどんどん年を取っていく。よくテレビを見ますってやつも、話を聞いてみれば録画した番組を見ている。それじゃ数字にならないんだ。こんな世の中で、どうやって数字を上げようって言うんだ？　何かいい方法があるのなら、ぜひ聞きたい」

「いや、それは……」

『ニュースイレブン』だけではなく、ニュース番組全体の視聴率が落ちていることを、鳩村も知っている。

いや、ニュース番組だけではない。ドラマの数字も落ちている。

その昔、二十パーセント台でなければ、ヒットドラマとは言わなかった。今では、その数字は夢のまた夢だ。

鳩村はもちろん、その厳しい現実を知っている。

だが、絶望しているわけではなかった。

ネットにはネットの役割があり、テレビにはテレビの役割がある。

たしかに現代の人々は、ネットのニュースをスマホなどで見る。だが、そのニュースに対する解説を聞きたいと思う人は今でも少なくはないはずだ。

テレビが普及したとき、誰も新聞を読まなくなるし、ラジオも聴かなくなると言われたことがあるそうだ。

だが、実際には新聞もラジオも残っている。主役は入れ替わるが、あらゆるメディアは生き残る。

テレビもすでに、主役でなくなったことを認めればいいのだ。主役のメディアでなくても役割はある。いや、主役でないからこそ、その役割の重要性がクローズアップされるはずだ。

鳩村は言った。

「ネットは利用すればいいんです。テレビがネットと速報合戦をする必要はないでしょう。テレビにはまだまだ、それくらいの度量があると、私は思っています。問題は、逃げるかどうかだと思っています」

「逃げるかどうか？」

「こういう世の中だからこそ、本物が求められるはずです。本物の報道とは何か。視聴者はそれをシビアに見つめているはずです。視聴者に媚びて、何でもかんでもソフト路線にするのは逆効果でしょう」

「理想論はけっこうだ。俺がほしいのは数字なんだ。とにかく、栃本は俺が呼んだ。あいつはきっと『ニュースイレブン』をいいほうに変えてくれると、俺は信じている。だから、おまえもあいつとうまくやるんだ」

報道局長にそう言われてしまったら、これ以上言い返すことはできない。

「いろいろと考えなければなりません」

「ああ、考えろ。そして結果を出せ」

話が終わった。

鳩村は、局長室を出て、報道フロアに向かった。

大テーブルにいるのが、香山恵理子だと知って鳩村は驚いた。

ゆったりしたキャメルカラーのジャケットにジーパンというラフな恰好だった。

「午前中から局に来るなんて、珍しいな」

「あら、鳩村デスク。デスクこそ、今日は非番でしょう？」

「油井局長に呼び出されてな」

「何かお小言？」

「いや、珍しくほめられた」

「昨夜の鳥飼さんのコメントの件ね？」

「そう。君は何をしているんだ？」

「布施ちゃんの件。少しでも調べておこうと思って……。局のほうが自宅より資料とか調べられるでしょう」

「布施の件？」

「町田事件と類似の事件を調べてほしいって、布施ちゃん、言ってたでしょう」

「本気でやる気なんだな」

「もちろん。デスクはどうして反対なの？」

「他にやるべきことがあるだろうと言ってるんだ」

「他にやるべきことって？」

「番組で使えそうなネタだよ」

「布施ちゃんは、このネタが使えそうだと思ってるんじゃないかしら」

「十年も前の行きずり殺人を、報道番組でどう扱えって言うんだ。あいつは、両親の姿にほだされて、『ニュースイレブン』で、バラエティーみたいに、情報提供を呼びかけようと考えているんだ」

「そんな単純なことじゃないと思うけど……」

「布施を買いかぶるなよ」

「デスクこそ、布施ちゃんを過小評価してるわよ」

「おや、おそろいで……」

栃本がやってきたので、鳩村はまた驚いた。

「当番は一日置きだ。今日は非番だぞ」

「なんや、布施さんが追っている事件が気になって……」

「どいつもこいつも布施か……」

鳩村はそう言ってから恵理子に尋ねた。「それで、どんな事件をピックアップしたんだ？」

「未解決事件って、ずいぶんあるのよね。その中で、町田事件と共通点があるということで、刃物が凶器になった事件をいくつか拾ってみたんだけど……」

栃本が恵理子に尋ねた。

「町田事件と共通点がある事件……？」

「そう。布施ちゃんが、まずそこから始めてみたらと言ってたので……」

「そこから始める。フィールドワークしはるちゅうことかいな？」

「ええ。そのつもりですけど」

栃本がほほえんだ。

「そら頼もしい。私に手伝えることがあったら、何なりと言うてくれてええで」

恵理子もほほえんだ。

「そうね。お願いすることがあるかもしれないわ」

鳩村は、溜め息をついてかぶりを振っていた。

14

谷口と黒田が小松川署を出たのは、午後一時四十分頃のことだった。

黒田は、布施が河村にした質問が気になると言っていた。

どうして犯人はサバイバルナイフを持っていたのか。

布施はそう言ったそうだ。

それに対して、河村は「知るかよ」とこたえたという。

当然だと、谷口は思った。

河村が言ったように、非行少年やチンピラがナイフなどの刃物を持ち歩くのに理由などないだろう。

強いて理由があるとすれば、護身のためだ。非行少年や反社会的集団の構成員は敵を作る。他人を支配するために、または、疑似家族的な集団を存続させるために、敵を作り、戦う。

そういう連中は、もともと暴力的な傾向が強いのだ。

敵がいるから、いつ戦いが始まるかわからない。護身のためには武器が必要だ。それでナイフを持ち歩くのだ。

また、ナイフには象徴的な意味もあるかもしれないと、谷口は思う。武士が帯刀していたように、またアラブの成人男性たちが装飾的なナイフを身につけるように、男にとってナイフは一種のシンボルでもある。

まあ、本当にそれほど深い意味があるかどうかはわからないが、事実、非行少年や暴力団の構成員、半グレたちはナイフを持ち歩く。

「布施は間抜けだと思うか？」

突然、黒田が言って、谷口は虚を衝かれた。

「は……？」

「どうして、河村にあんなことを言ったのかと思ってな……」

「それ、自分も今考えていました」

「……で？」

「布施さんは、非行少年や裏社会の連中のことを、よく知らないんじゃないかと思いました。そういうやつらが、ナイフや匕首なんかの刃物を日常的に持ち歩いているということを知らないんじゃないかと……」

「ふん。あいつは海千山千だよ。ヤクザはおろか、パンク野郎になりすましたＣＩＡなんていう知り合いまでいた」

「本当ですか……」

「だからわからねえんだよ。なんで、犯人がナイフを持っていたことに疑問を抱いたか……」

「そうですよね。そもそも、犯人がナイフを持っていたからこの事件が起きたわけで、そういうやつに遭遇した被害者が不運だったということでしょう？」

「普通のやつはそう思うだけだ。だが、布施はもしかしたら別なことを考えているのかもしれない」

「別のことって何です？」

「それはわからねえな。本人に訊いてみるしかねえだろう」

「本人に訊くって……」

「おう、バスが来たぞ」

黒田はバス停に向かって走り出した。会話はそこまでだった。谷口も黒田を追って駆け出した。

新小岩駅に着くと、谷口は黒田に言った。

「自分はこのまま町田に向かいます。例の件について聞き込みをしてみようと思います」

例の件というのは、水道工事に対するクレームや花束のことだ。駅の人混みの中なので、言葉には気をつけなければならない。どこで誰が聞いているかわからない。

「わかった」

黒田は言った。「俺はカイシャに戻る」

本部庁舎に戻るということだ。

電車の中では、二人とも口をきかなかった。黒田は何事か考え込んでいる。

二人は総武線各駅停車に乗っていたが、谷口は御茶ノ水から快速で新宿へ向かうことにした。

新宿からは小田急線で町田に向かう。

「では、ここで……」

谷口は御茶ノ水で黒田と別れた。黒田はただ無言でうなずいただけだった。

町田に着いたのは、午後三時頃のことだった。

福原亮助の両親が今日もビラを配っている。谷口は、顔を見られないようにして、なるべく離れてその場を通り過ぎた。

別に見られてもいいのだが、今は言葉を交わすのが面倒だと感じた。捜査に来たのだから堂々としていればいい。それはわかっているのだが、なかなかそうできない。

さて、どこから手を着けようか……。

駅を離れて、そう考えた谷口はまず、立原管工をもう一度訪ねることにした。

行ってみると、昨日と同様に経営者の立原は現場に出ているという。その場所を聞いて移動した。

今日は市街地から離れた場所だった。路線図を調べてバスで向かった。

立原はユンボを操っていた。運転席の立原に向かって、谷口が手を振ると、彼は顔を出して言った。

「刑事さんかい……」

「もう一度、お話をうかがいたくて……」

「あと、三十分待ってくれ」

「わかりました」

谷口は、現場の近くで立ったまま待つことにした。警察官は立つことには慣れている。

若い頃には地域課でさんざん立たされるからだ。

工事の様子をぼんやりと眺めていた。これまで気にしたことなどないが、工事というのは見ていて飽きない。

技術的に感心することも多々あるし、作業が進む様子は見ていて気持ちがいい。

約束の三十分はすぐに過ぎた。

工事現場からユンボが撤退し、立原が運転席から降りて谷口に近づいてきた。

「お忙しいところ、恐れ入ります」

「かまわないよ。今日はもう帰るだけだから。何か訊きたいことがあるのかい」

「工事にクレームをつけてきた男について、さらに詳しくうかがいたいと思いまして……」

「クレームというより、明らかに妨害だったよなあ。すぐに工事を止めろって言うんだよ。工事の騒音に文句言ったり、通行止めのところを通せと言ったりする人は多いんだけどね、工事そのものをすぐに中止しろって言うのはさすがに少ないんだ」

「その理由については何も言ってなかったということでしたね?」

「そう、何も言ってなかったな。ただ、えらい剣幕だったので、こっちも驚いてね……」

「えらい剣幕……。切羽詰まった様子だったのでしょうか」

「……というより、ひどく腹を立てている様子だったね」

「腹を立てている……」

「まあ、工事なんて迷惑なもんだから、近所の人とか、通りかかった人は、みんな腹を立ててるもんだけどね。その人は特別だったなあ」

「どうしてそんなに腹を立てていたんでしょうね。何か思い当たることはありませんか？」

「いやあ、思い当たることなんてないよ。世の中にはいろいろな人がいるってことじゃないの？」

「二十代後半から三十歳くらいの男性だったのですね？」

「そう」

「覚えてらっしゃる限りでいいんで、人相を詳しく教えていただけますか？」

「うーん、人相ねえ……」

立原は顔をしかめた。「昨日も言ったけど、なんせ三年も前のことだしねえ……」

人間の記憶は曖昧なものだが、その一方で人は意外に多くのことを覚えているものだ。記憶のメカニズムは不思議なもので、覚えていても、覚えていないと思い込んでしまうこともある。

谷口は、刑事になりたての頃、先輩にそう教わった。呼び水があれば、人は意外なほど多くのことを思い出すのだ。

「痩せていましたか、太っていましたか？」

「痩せていたね。そうだ。ずいぶんと細身だった」

「背はあなたより高かったですか、低かったですか？」

漠然と身長を尋ねるより、具体的に何かと比較させたほうが思い出す可能性が高い。

立原は言った。

「俺と同じくらいだね」

「身長は何センチですか?」

「俺かい?　百七十二センチだよ」

「じゃあ、その男もそれくらいということですね」

「そうだな」

「その他に何か特徴はありませんか」

「特徴ねえ……」

「どんな髪型でしたか?」

「どんなだったかなあ……」

「短く刈っていましたか?　それとも長かったですか?　耳は見えていましたか?」

「ああ、どちらかというと長かったかな。耳が隠れていたかもしれない。前髪も長かったと思う」

「髪の色は?」

「黒かったね。染めたりはしていなかった」

「ホクロとか、傷跡には気づきませんでしたか?」

立原は、しばらく考えてから言った。

「あ、そういえば、右目の下にホクロがあったな」

「間違いないですね？」

「たまげたなあ。今の今まで、そんなことは忘れていたんだよ」

「声はどうでした？　低かったですか？　高かったですか？」

「高かったね。もっとも、興奮した様子で大声出してたからそう感じたのかもしれないけど……」

「その他に何か思い出したことはありませんか？」

「いやあ、こんだけ思い出したというだけでも、自分で驚きだよ」

谷口は礼を言って、立原と別れた。

次に谷口は、町田駅近くまで戻り、ジャズ喫茶を訪ねてみることにした。

店の前まで行くと、ドアが開いて人が出てきた。

その人物を見て、思わず声を上げた。

「あ、布施さん」

相手は、谷口を見てほほえんだ。

「おや、こんなところで……。奇遇ですね」

谷口は言った。

「奇遇でも何でもないんじゃないですか？　自分は捜査に来ましたし、そちらは取材でしょう？」

「取材？　俺はここでジャズを聴きながらコーヒーを飲んでいただけですよ」

「そういうの、刑事相手に通用すると思ってます？」

「通用するもしないも、本当のことですから……」

「マスターと話をしたでしょう」

「しましたよ。せっかくですからね」

何が「せっかく」なのかわからない。

「どんな話をしたんですか？」

「そりゃ、いろいろと……。身の上話とか……。マスターは北海道の出身だと言ってました。虻田町というところで生まれ育って、函館の高校を出たそうです」

「事件のことを尋ねたんじゃないんですか？」

「ああ、その話もしましたね」

布施はまったく悪びれる様子もない。

「マスターから何を聞き出したんですか？」

布施は驚いたような顔になって言った。

「取材の内容はお教えできませんよ」

谷口は、ジャズ喫茶のマスターよりもまず、布施から話を聞くことが先決だと思った。

「ここじゃナンなので、場所を変えて話をしませんか？」

「え？　捜査のこと、教えてくれるんですか？」

「そちらが知っていることを教えてほしいんですよ。さて、どこへ行きましょうか……」

「ジャズ喫茶に戻りましょうか？」

「お店とかはだめです。他人に話を聞かれる恐れがあります。捜査情報が洩れたら、自分はクビですよ」

「じゃあ、公園のベンチですね。商店街を抜けたところに、小さな公園がありますよ」

「わかりました。そこへ行きましょう」

二人は並んで歩きはじめた。

谷口は少々緊張していた。布施と会うときは、たいてい黒田がいっしょだ。そして、主に黒田が布施と話をする。

谷口は直接布施と話をした経験があまりない。

一方、布施にはまったく緊張した様子がなかった。黙って歩いていても、リラックスしているのがわかる。

だから、互いに無言でもまったく気まずくない。それが、谷口には不思議だった。

やがて布施が言っていた公園に着いた。

午前中は、子供連れの主婦で公園は賑わうが、午後はあまり人気がない。そろそろ夕刻だが、人影はまばらだ。

「あそこに座りましょう」

布施は木陰のベンチを指さした。

「いいでしょう」

二人で腰を下ろしたときも、布施は心から五月の気持ちいい午後を楽しんでいるような様子だった。

どういうわけか、その様子を見ているうちに、谷口はどんどん緊張の度合いを高めていた。

「ジャズ喫茶のことは、どうやって知ったんですか？」

谷口が質問すると、布施がこたえた。

「本当にたまたまですよ。俺、ジャズが好きでね。昼間からライブをやっている面白そうな店があるというんで、来てみたってわけ」

「自分らが聞き込みに来たことは……？」

「マスターから聞きましたよ」

「マスターからどんな話を聞いたんですか？」

「花束のこと」

谷口は、天を仰ぎたくなった。

「本当、油断も隙もないなあ……」

「マスターはその話を、黒田さんたちにもしたと言っていました。目星はついたんですか？」

「目星なんてついてませんよ」

「それでもう一度マスターに話を聞こうと思ったわけ？」

「花束を供えていた人物の人相とか背恰好とか……。いろいろと詳しく聞こうと思いまして」

「身長は、男性としてはそれほど高いほうじゃなかったらしい。細身で、けっこう鬱陶しい髪型をしていたようだよ」

「それ、マスターから聞いたんですね？」

「そうですよ」

谷口は驚いた。

布施がそれをマスターから聞き出したことよりも、それを谷口に平然としゃべったことに驚いていた。

その風体(ふうてい)は、三年前に水道工事に抗議した人物と共通していると思った。

だが、それを布施に話すわけにはいかない。布施のほうも、何も質問してこない。

警察に対して、一方的に情報を提供するだけでいいのだろうか。谷口はつい、そんなことを考えてしまった。

「マスターは、その他に何か言ってました？」

「何か……？」

「その……、花束を供えていた人物について……」

「いや、特に何も……」

やはり布施は、くつろいでいるように見える。

「どうして、花なんて供えていたんでしょうね」

谷口が言うと、布施はほほえみさえ浮かべて言った。

「さあね……」

「布施さん、小松川署に行きましたよね？　河村さんを訪ねたでしょう？」

「あれえ、さすがに警察だ。情報が早いね」

「河村さんにこう言ったそうですね。犯人はどうしてサバイバルナイフなんて持っていたんでしょうねって……」

「言ったかもしれないなあ」

「どうしてそう思ったんですか？」

「どうしてって、どういうこと？」

「非行少年や裏社会の連中がナイフなんかを持ち歩いているのは普通のことじゃないですか」

「へえ、そうなんだ……」

「それくらいのこと、知ってるでしょう」

布施が谷口のほうを見た。それだけで、どぎまぎしてしまう。

「俺が、そうなんだ、って訊いたのはそういう意味じゃないですよ」

「え……？」

「犯人は、非行少年や裏社会の連中なんだ、ってことです」

「いや……」

谷口は言った。「それは何とも言えません」

「たしかに、犯人が非行少年やチンピラだったなら、刃物を持ち歩いていてもおかしくはないですね」

「俺はそうは言ってませんよ。そんなこと、『ニュースイレブン』で言わないでくださいよ」

布施は笑った。

「まさか。裏も取ってないことをニュースにしたりしませんよ。あくまでも仮定の問題ですよね」

「そう。仮定の問題です」

「もし、非行少年やチンピラが犯人だったら、刃物を持っていたことは納得できます。でも、もし、そうでなかったら、刃物を持っていたことに違和感を覚えますね。だから、小松川署の河村さんに、そう言ったんです」

「もし、犯人が非行少年やチンピラでなかったら……？」

「そうです。事件当時、凶器が刃物だということで、捜査本部は非行や犯罪歴のある人物を片っ端から当たったはずです。それでも犯人は見つからなかった……。だったら、犯人はそういう連中ではないということになるんじゃないですか」

谷口は、布施が言ったことについて考えていた。

たしかに犯人像はまだ絞れていない。

布施はさらに言った。

「動機なき殺人、なんてことをよく言いますけどね。どんな殺人にも動機はあると思いますよ」

そして、布施は立ち上がった。

「待ってください」

谷口は言った。「この事件にも動機があると言うんですか？」

「あるはずですよ」

そう言うと布施は、ほほえみながら歩き去った。
谷口はベンチに座ったまま、その姿を見つめていた。

15

谷口は、午後七時十分頃、警視庁本部庁舎に戻った。

黒田が捜査資料を読んでいる。おそらく、何度も読んだ書類をまた読み返しているのだ。

谷口をちらりと見て、「ご苦労」と言い、眼を書類に戻したが、再び谷口を見た。おそらく自分の興奮した顔を見て、何事かと思ったのだろうと、谷口は思った。

「町田で布施さんに会いました」

黒田は予想していた以上の反応を見せた。目を丸くして言った。

「布施に会っただって？　どういうことだ」

「もう一度話を聞こうと思って、例のジャズ喫茶を訪ねようとしたら、そこでばったり会ったんです」

「ばったり会ったって……？」

「そうです。自分が店に入ろうとすると、ドアが開いて、布施さんが出てきたんです」

「あいつはジャズ喫茶で何をしていたんだ？」

「ジャズの演奏を聴いていたと言っていましたが、マスターから何かを聞き出そうとしていたことは間違いないでしょう。実際、マスターの生い立ちを聞き出したみたいですし、花束を供えた男についても聞き出していました」

「それをおまえに言ったのか？」

「ええ。平気でしゃべりましたよ」

「あいつはそういうやつなんだよ……。まったくこだわりがないんだ」

「いったい何を考えているんだろうと、逆にこっちが警戒してしまいましたよ」

「その他には何か言ってたか？」

「どうしてサバイバルナイフを持っていたんだろうって、小松川署の河村さんに尋ねた理由、聞いてきましたよ」

黒田がぎろりと谷口を見据えた。

「どういう理由だ？」

「もし、犯人が非行少年だとか半グレや暴力団員なんかの反社会的な組織の構成員だったら、刃物を持ち歩いていても不思議はありません。凶器が刃物だということで、当然、当時の担当捜査員は徹底的にそういう連中を当たったはずです。それでも犯人像が浮かばなかった。つまり、犯人は非行少年や反社会的な組織の構成員なんかじゃないのかもしれない……。布施さんはそう考えたようです。……で、もし、犯人がそういう連中ではなく、一般人だとしたら、刃物を持っていたのはなぜだろうと……。そういうことのようです」

それを聞いて黒田は考え込んだ。

「なるほど……。たしかにその点は疑問に思えるな……」

「河村さんは、凶器については何の疑問も持っていない様子でしたね」

「ああ。……ということは、当時の捜査本部でも疑問に思ったやつはいなかったということだろうな。警察官は、そういうことに慣れてしまって、刃物を持ち歩くやつがいても、特別なことと思わなくなってしまいがちだ」

「それって、怖いことですね」

「どんな職業にも慣れはある。そして、刑事も事件に慣れる。でなけりゃ、やってられない。悲惨な遺体を見るたびにゲロ吐いてたりしちゃ、仕事にならないからな。でも、決して慣れちゃいけない部分もある。それが難しいんだ」

「はい……」

黒田が言っていることはよくわかった。

仕事に慣れるのはいいことだ。そうすることで円滑に事を運ぶことができる。慣れないうちは、誰かに何かを伝言するだけでも一苦労だ。

会議では周囲が何を言っているのかほとんどわからない。

次第に仕事に慣れ、組織に馴染んでくると、余計な苦労がなくなる。肩に力が入らなくなり、メリハリが付けられるようになる。

だが、同時にそれはどこかで力を抜いているということだ。そして、次第に抜きっぱなしになる恐れがある。

一流の職人は手を抜かない。一流でない者は慣れに甘える。

警察官にも同じようなことが言える。仕事に慣れれば、それなりの眼力が身につく。犯罪のパターンが見えてくるようになる。

慣れ過ぎると、すべてをそのパターンに当てはめようとする。どちらかというと、そういうタイプのベテランが多い。いかにも自分は経験豊富で、何もかもお見通しだと言いたげな連中だ。

経験は大切だ。経験からしか学べないものがあることも確かだ。だが同時に、刑事は常に敏感でなければならない。

パターンからはみ出たもの、パターンに馴染まないものに注目しなければならないのだ。仕事に慣れてくると、それがおろそかになりがちなのだ。

黒田が言った。

「他に何か言ってたか？」

「花束を供えた人物の人相風体について、ジャズ喫茶のマスターから聞き出したと……」

「ほう……」

「身長は、男性としてはそれほど高いほうではなく、細身で鬱陶しい髪型をしていた、ということです」

「そんなことまで、おまえにしゃべったのか」

「ええ。布施さんって、意外に間抜けかもしれませんね」

「そう思うおまえのほうがおめでたいんだよ」

「は……？」

「情報を与えておいて、俺たちがどう動くか様子を見ているんだ」

「つまり、警察に捜査をさせるために情報を与えたということですか？」

「布施は油断のならないやつなんだよ」

そう言いながら……、いや、だからこそ、黒田は布施を買っているようだ。

「布施さんが聞き出した、花束を供えた男の人相風体ですけど、水道工事にクレームをつけた男のそれと一致すると思うんです」

「そっちの男の人相なんかはどこから聞き出した？」

「水道工事を請け負った立原管工という会社の経営者です」

黒田はうなずいた。

「その人物は、どうしてそんな行動を取ったんだろう。水道工事に抗議したってことは、つまり道路を掘り返すことを止めさせようとしたということだよな……。そして、犯行現場に花を供えた可能性が高い……」

「被害者とごく親しい人だったとしか考えられませんよね。道路を掘り返すことを止めさせようとしたのは、証拠が失われるのを恐れたからでしょう」

「証拠なんて鑑識が洗いざらい持っていったし、写真も撮っている。犯行から時間も経っているし、すでに現場を保存する意味なんてない」

「我々はプロだからそう思いますが、素人の一般人にはそういうことはわからないでしょう。被害者と親しい人物なら、現場を掘り返すことには抵抗があるでしょう」

「たしかに、現場に花を供えた男が同一人物だとすれば、被害者とごく親しい人物だと考えられるわけだが、だとしたら妙だ」

「どうしてです?」

「忘れたのか? 捜査本部が、綿密に鑑取りをやった。つまり、被害者の交友関係を洗ったわけだが、それらしい人物に対する記述はなかった」

「それで、ホモセクシャルじゃないか、なんて話になったんでしたね」

「結局、その線もなかった。被害者はストレートだったと周囲の人たちは言っている。だとしたら、その謎の人物は何者だろう……」

黒田が考え込んだので、谷口は言った。

「ダメモトで、ジャズ喫茶のマスターと立原管工の社長に協力してもらって似顔絵を作ってみましょうか」

「何でもやってみるべきだな」

黒田が時計を見た。「もう八時を過ぎているんだな」

「『かめ吉』に行ってみますか？」

黒田は一瞬考えたが、すぐに言った。

「いや、今日は止めておこう。俺はまっすぐに帰るよ」

助かった、と谷口は思った。小松川署に出かけたり、町田で聞き込みをやったりで、けっこう疲れていたのだ。

歩き回るのが刑事の仕事だ。だが、疲れるものは疲れる。谷口は、さっさと帰宅してゆっくり休むことにした。


木曜日は鳩村班が当番だ。

最初の会議は午後六時だが、デスクはやることがたくさんある。鳩村はいつも、午前中に出勤することにしていた。

報道フロアにやってくると、すでに香山恵理子と栃本がいたので驚いた。

「どうしたんだ、二人とも……」

栃本が言った。

「昨日の続きや」

「昨日の続き？」

恵理子が説明した。

「布施ちゃんが言っていた、町田事件と類似の事件」

「昨日の段階でリストアップされていたな？」

「そう。いろいろ検討して三件に絞り込んだわ」

栃本が言った。

「その三件について、聞いてたとこなんです」

恵理子と栃本が布施に協力している。

やりたいなら好きにすればいいと鳩村は思っていた。だが、こうして彼らが実際に動きはじめると、なんだか自分が蚊帳（かや）の外に置かれているような気がしてきた。

「どんなに調べても、デスクの俺がうんと言わなければ、番組では使えないんだぞ」

恵理子が言った。

「調べてみて、充分にオンエアする価値があるということになるかもしれないわ」

「何度言えばわかるんだ。十年前の行きずりの殺人にどんなニュースバリューがあるというんだ」

「こちらも、何度も言うけれど、じゃあどうして布施ちゃんが注目しているの？　彼が何度もスクープを取ってきていることは、デスクだって認めているでしょう。その布施ちゃんが気にかけているということは、何かあるのよ」

「何かあるって、いったい何があるというんだ」

「それはわからない。でも、布施ちゃんは類似の事件を調べてみたいと言っていた。何か目算があってのことなんだと思うわ」

「どうかな。布施のやつは、たまたまビラ配りをする被害者の両親を見て、哀れみを感じただけだ。そんな個人的な感情で選んだネタをオンエアするわけにはいかないんだ」

　栃本が言った。

「きっかけはどうでも、おもろければええやないですか」

「だから言ってるだろう。お笑い番組じゃないんだ」

「それ、数字取ってから言うてください」

「何だって」

「どんなきれい事言うたかて、テレビは数字取らなあかんのです。特にキー局は……。もし、数字なんてどうでもええ、報道の理念のほうが大切や、言わはるんやったら、ネットニュースやケーブルテレビに行かはったらええんです」

この言い方にはかちんときた。

もともと栃本のことは気に入らなかった。

「ふざけるな。俺にＴＢＮからいなくなれと言ってるのか？　俺が抜けた後釜に座ろうって魂胆か」

「誰も、そないなこと言うてへん。数字出さな、いつクビ切られるかわからへんのです」

栃本の言っていることはわかる。だが、こういうことは誰にどういう状況で言われたかが問題なのだ。

栃本に言われると腹が立つ。

「そんなことはわかっている。クビを切りたいのなら切ればいいんだ。それからあんたの言うネットニュースやケーブルテレビに行けばいい」

「私は鳩村デスクの方針はええと思てます。そやから、その方針を今後も活かすためにも、数字が必要なんやと思います」

俺をなだめにかかったな。

それでも折れる気はなかった。

「人情話を『ニュースイレブン』でオンエアする気はない」

「人情話かどうか、まだわからないわ」

恵理子が言った。「類似の事件を調べてみて気になったことがあるの」

「気になったこと……」

「いえ、まだはっきりしたことは言えないんだけど……」

「別にはっきりしていなくてもいい。言ってくれ。何が気になるんだ」

恵理子はしばらく考えていたが、やがて言った。

「やはり、今の段階では言えないわ。私もジャーナリズムに携わっているんだから、うかつなことは言えないと思うの。もう少し調べてから言うことにするわ」

栃本が言った。

「せや。デスクに報告する前に、まず布施さんに話さへんと……」

「俺には話せないけど、布施になら話せるということか」

「ちゃいます。もともと香山さんが、布施さんに言われて調べはじめた事件やから」

恵理子がうなずいた。

「そういうことよ。デスクにはちゃんとした形でご報告したいの」

鳩村は、このへんで矛を収めることにした。これ以上文句を言うのはどうにも子供じみている。

「事件を三つに絞ったと言ったな？」

「はい」

「どんな事件だ？」

　恵理子がウェブページのプリントアウトらしいＡ４の紙を示して説明を始めた。

「古い順に説明します。まず、第一は十二年前の暮れに座間市内で起きた傷害事件。場所は、座間谷戸山公園。次は、その半年後、相模原市の林間公園でやはり傷害事件が起きているわ。三件目は、さらにその半年後。小田急相模原駅近くの住宅街で殺人、あるいは傷害致死事件」

「その三件に絞った理由は？」

「まず、地域。町田に比較的近い場所で起きた事件に絞ったわ。それから、凶器。いずれも刃渡りの長い刃物が使われた」

「同一犯の仕業ということか？」

　恵理子はかぶりを振った。

「それはわからないわ。いずれも行きずりの犯行ということなので……」

「それにしても、全部町田の事件よりも前じゃないか。一件目は十二年前だって？　町田の事件よりも手がかりは少ないだろう」

「一件目と二件目は、被害者が生きてるわけやね」

　栃本が言った。「犯人を見てへんのやろか」

　恵理子がこたえる。

「被害者が犯人を見たとしても、行きずりの犯行となると、逮捕は難しいんですね」

鳩村は、プリントアウトを睨んでしばらく考えた。

たしかに共通点はある。凶器は刃物で、いずれも行きずりの犯行だ。

だからといって、それが何だというのだろう。それらの事件が町田事件と関わりがあるかどうかはわからない。

「警察は何と言ってるんだ？」

鳩村が尋ねると、恵理子が言った。

「別に何も……」

「それらの事件の関連については？」

「関連について、正式にコメントされたことはないようね」

「正式ではないコメントはあったということか？」

「これから調べてみようと思ってるの。当時の担当刑事を見つけないと……」

「番組に支障のない程度に頼む」

「わかってるわ」

栃本が言った。

「この件で、手柄を立てはったら、香山さんをメインキャスターに抜擢することも考えなあきまへんな」

鳩村は驚いて、周囲を見回した。それから栃本を見据えて言った。

「メインキャスターは鳥飼さんだ。それは変わらない」

「テレビは実力の世界でっせ。いろいろ考えな……」

まさか、栃本は鳥飼の辞意について何か知っているのではあるまいな。

もしかしたら、キャスターを降りるように言ったのは栃本なのかもしれない。だとしたら、許せない。

鳥飼は『ニュースイレブン』の顔だ。

健康上の理由とか、よほどのことがない限り変えることは考えられない。鳩村は、今後も鳥飼が続投するように説得を続けるつもりだった。

なのに栃本は、恵理子をメインに据えようというのだ。

「いくら考えたところで、鳥飼さんがいる限りメインキャスターは変わらない」

「ちゃんとしたアンカーができるのは、香山さんのほうかもしれへん」

鳩村は恵理子をちらりと見た。恵理子は何も言わず鳩村を見返していた。

鳩村は言った。

「香山君の実力は買っている。その上で言ってるんだ。メインキャスターを変える必要などない」

たしかに今までは、鳥飼はアンカーマンとしてはもの足りなかったかもしれない。だが、一昨日のコメントは注目された。

今後もあのようなことが続けば、鳥飼の株はさらに上がるはずだと、鳩村は思っていた。

「メインは男、女性はアシスタント。いつまでそれにこだわってはるつもりですか」

鳩村はきっぱり言った。

「男性とか女性とかの問題じゃない」

「ほな、何です？」

「総合的なものだ」

「ほう、総合的なもの……」

「そうだ。キャリアとか、実績とか……」

「鳥飼さんには、どないなキャリアがありますの？　たしか、『ニュースイレブン』でキャスターやらはるまでは、アナウンサーやったと思いますが……」

「そうだ」

「そやったら、ジャーナリストとしての研鑽を積みはったとは思えまへんなあ」

「アナウンサーだって報道局の一員だ。それに、ニュースの最終アウトプットはアナウンサーなんだよ。なめちゃいけない」

「別になめてまへん。そやけど、キャリアゆうたら、いっしょに『ニュースイレブン』

はじめはった香山さんも同(おんな)じちゃいますか」

鳩村は、恵理子に尋ねた。

「君は、メインキャスターをやりたいのか?」

恵理子はこたえた。

「アンカーパーソンには興味があるわ」

16

デスク席の鳩村は、次々とやってくる書類に判を押したり、コメントしたりしながら、ずっと考えていた。

ニュースショーにとってアンカーパーソンは重要だ。しかし、日本の場合、キャスターが番組で取り上げるニュースを選んだり、自らの言葉でインタビューすることは稀だ。

たいていは、デスクかそれに相当する立場の人間が最終的にニュースを選ぶし、番組中の発言は事前に用意されていることが多い。

インタビューもあらかじめ決められた質問をするのがお約束だ。

ニュースの取捨選択をしたり、自由にインタビューするにはそれなりの実力が必要だ。デスク相当の者や解説委員などにはその実力があるが、画面映えがしない。

だから、たいていはキャスターの隣に解説者としてそういう実力者を座らせることになる。

アメリカでは、キャスターがニュースを選ぶし、生でインタビューをする。質問で相手を追い詰めることもある。

いずれ日本もそうなるだろうと、鳩村は長年思っていた。だが、実際にはそうはならなかった。

隣の局で、大新聞社の記者出身のジャーナリストが長い間メインキャスターを務めるニュースショーがあった。あれは画期的な番組だったと、鳩村は思っている。

また六本木の局も、アナウンサー出身のフリーキャスターを使って、長年ニュースショーを続けた。ニュースを身近にしたという意味で、この番組も画期的だった。

この二つの番組によって、日本の報道も変わるのではないかと鳩村は考えていた。だが、ふと気がついてみれば、元の木阿弥だ。いや、報道番組は昔よりもはるかに後退してしまったかもしれない。

権力の監視や批判もマスコミの役割のはずだ。だが今のテレビにその迫力はない。

『ニュースイレブン』だけは、ジャーナリズムの心を忘れずにいようと、鳩村は思っている。そのためには、守らなければならないものがある。

だが、いったい俺は何を守ろうとしているのだろう。

ただ変化が恐ろしいだけなのではないか。

鳥飼がメインキャスターだというのは、今のところ揺るぎない事実だ。人気もあるし、視聴者の信頼度も高い。

その鳥飼が、キャスターを降りると言っている。

香山恵理子がやる気を出し、勉強をして実力を蓄えているのはいいことだ。鳥飼が抜けた穴を埋めてくれるかもしれない。

しかし鳩村は、鳥飼を降ろそうとは思っていなかった。鳥飼は番組の顔なのだ。その考え自体が古いのだろうか。鳥飼が降板し、香山恵理子がメインキャスターとなるのは、番組にとっても悪いことではないのかもしれない。

心機一転で新たな視聴者を獲得できる可能性もある。だが、一方で、今までのファンが離れていく心配もある。

恵理子がメインキャスターとなれば、彼女を推している栃本は喜ぶに違いない。そして、二人で好き勝手を始める恐れがある。

鳩村にとって、それは許しがたい事態だった。

そんなことをさせないためにも、ぜひとも鳥飼に残ってもらわなければならないと、鳩村は思った。

谷口と黒田は、朝から町田に出かけた。

本当は直行したかったのだが、一度本部庁舎に登庁しなければならない。捜査員は勝手に動いているように思われがちだが、実はその日の捜査の計画を上長に提出しなければならないのだ。

戻ったらその報告を書類にまとめなければならない。

捜査員はけっこう不自由なのだ。もちろん、緊急事態となれば、その限りではない。だが、後で報告書をまとめなければならないことには変わりはない。

駅前では、福原亮助の両親がビラ配りをしていた。

二人とも日に焼けている。ビラを受け取る人は少ない。

谷口は黒田にそっと言った。

「昨日来たときは、なんだか顔を合わせづらくて、こっそり駅を出たんです」

黒田は一度立ち止まり、福原の両親のほうを見つめていた。やがて彼は、二人に近づいていった。

「あ……」

谷口は慌ててそのあとを追った。

黒田は、被害者の父親である福原一彦の前に立った。福原一彦は、反射的にビラを差し出す。

それを受け取った黒田が言った。

「ごくろうさまです」

福原一彦が顔を上げて黒田を見た。

「あ、刑事さん……」

一彦の様子に気づいて、被害者の母、祥子が近づいてきた。

黒田が言った。

「我々も諦めません。がんばってください」

一彦が表情を変えずに言った。

「ありがとうございます」

祥子が頭を下げた。

その場を離れると、谷口は言った。

黒田も二人に頭を下げた。

「父親の言葉には感情がこもっていませんでしたね。なんだか、魂が抜けてしまっているようでした」

「期待し、それを裏切られることに疲れてしまったんだろう」

「そうかもしれませんね……」

「俺はな、実は父親を疑ったことがあるんだ」

谷口は驚いた。

「え、父親を……?」

「布施が関心を持つんだからな。普通の事件じゃないだろうと思ったんだ。十年間も、情報を求めてビラ配りをするなんて、どう考えても尋常じゃないと思った。その裏には何かあるんじゃないかと勘ぐったわけだ」

「それで……」

黒田は肩をすくめてから言った。

「疑うのが刑事の仕事だからな……」

「どういう意味でしょう。今も疑っているということですか？」

しばらく間があった。

「いや、今はそうは思っていない。一日も早く、あの二人をビラ配りから解放してやりたい。そう思っている」

谷口は何と言っていいかわからず、黙っていた。

ジャズ喫茶はまだ閉まっていた。黒田が言った。

「開店は午後からか……。先に、立原管工に行ってみよう」

「いつも社長自らユンボで作業してますから、今日もいるかどうか……」

「とにかく、訪ねてみよう」

徒歩で移動する。

こういうときに車があると楽だと、谷口は思う。刑事は足で仕事をするというのはおそらく、自動車などそれほど普及していない時代から言われていたのだろう。

これだけ街に自動車があふれているのだから、刑事だって車で移動すべきだ。そのほうが捜査の効率も上がるに違いない。

だが、捜査車両は数が限られている。つまり捜査車両を使える者も限られているのだ。立原管工を訪ねると、予想に反して、立原社長が会社に残っていた。

彼は谷口を見ると言った。

「ああ、刑事さん。またですか」

それほど迷惑がってはいない様子だ。谷口は言った。

「今日は、現場じゃないんですね」

「ああ、社員に任せました。たまにはこういう日もあります」

彼は谷口の隣に立っている黒田を気にしている様子だ。

「あ、こちら、黒田といいます。同じ特命捜査対策室の……」

「黒田です。今日はちょっとお願いしたいことがあって参りました」

立原は怪訝そうに眉をひそめた。

「警察の頼み事ってのは、いつだってろくでもないことだよなあ……」

「三年前、水道工事を止めろと言ってきた人物の似顔絵を作りたいので、ご協力いただけませんか」

「だからさ、人相なんてもう覚えていないって言ったじゃない」

立原はそう言って、谷口の顔を見た。

谷口は言った。

「昨日は、かなり詳しく思い出してくれたじゃないですか。あの調子で頼みますよ」

立原は顔をしかめた。

「警察ってさ、こっちの仕事の都合なんておかまいなしだよね」

たしかにそうかもしれない。被疑者を拘束するのは当然のことだが、それ以外に証言をもらう場合も、警察署に呼びつけることが多い。

警察官にとってそれが効率がいいからなのだが、呼ばれるほうにとっては迷惑この上ないだろう。

だが、そういうものなのだと谷口は思っている。そんなことに気を遣っていては捜査はできない。

「なるべくお手間は取らせません。お願いします」

「あんた、警視庁本部の人だよね。警視庁まで行かなきゃならないんじゃないのかね。そんな暇、ないんだけどね」

谷口は黒田を見た。黒田が言った。

「こちらに係員を連れてきます。それでどうでしょう」

立原は眼をそらしてしばらく考えていた。やがて彼は言った。

「仕方がない。嫌だと言っても結局やらされちまうんだからな……」

谷口は言った。

「では、ご都合のいいお時間を教えていただけますか？」

「都合がいい時間なんてないよ。そっちで指定してくれたら、何とかするよ。それしかない」

谷口は再び黒田を見た。黒田は事務的に言った。

「では、今日これからではいかがですか？」

立原が時計を見て言った。

「手短に頼むよ」

「では、手配してみます」

黒田と谷口は礼をしていったん立原管工を出た。

黒田が谷口に言った。

「町田署に訊いてみろ。似顔絵描くやつがいるはずだ」

「町田署に頼むんですか？」

「それが手っ取り早いだろう」

たしかにそのとおりだ。谷口は、町田署の警務課に電話して尋ねてみた。鑑識係に担当の者がいるという。

電話を切ると、谷口は黒田に言った。

「鑑識係にいる担当者が、すぐに来てくれるということです」

似顔絵係は、専門の部署があるわけではない。また専任の者がいるわけでもない。警視庁内に似顔絵検定というものがあり、講習を受けてその検定に合格した者が担当する。普段は通常の任務に就いていて、必要があれば呼び出される。似顔絵検定などというものがあること自体驚きだが、絵心のある者が多いことも、谷口にとっては意外だった。

黒田がうなずいて言った。

「じゃあ、到着を待ちながら、立原社長に話を聞くことにしようか」

再び立原管工を訪ねる。図面を見ていた立原が顔を向けて言った。

「すぐに始められるのかい？」

黒田がこたえた。

「今、係の者がこちらに向かっています」

「どれくらい待てばいいんだ？」

黒田はその質問にはこたえなかった。

「係の者が来るまで、ちょっとお話をうかがえませんか」

立原がきょとんとした顔になる。

「またかね……」

「ええ。その後何か思い出したことはありませんか？」

「まったく警察ってのはしつこいんだね。十年も前の事件を調べているんだって？　俺は何にも知らないよ」

「水道工事を止めろと言ってきた人物について、詳しくうかがいたいだけです」

「そこの若い人にも言ったけどね、もう三年も前のことだし、会ったのは一回だけだ。工事してたら、いきなりやってきて、すぐに工事を止めろって言われた。ただそれだけだよ」

「若い男だったんですね？」

「そう……。二十代か三十代か……。最近のやつらはみんな若い恰好をしているから、年がよくわからないよね」

「そのときの状況について、詳しくうかがいたいんですが……」

「詳しくも何も、今言ったとおりだよ」

谷口は再び記憶の呼び水になるように、昨日聞いたことを確認した。

「細身で、身長は百七十センチくらいだったんですよね？」

「そうだね」

「どちらかというと、長い髪だったんですね？」

「そうだった。前髪が顔にかかっていて、鬱陶しそうだと思った」

やはりジャズ喫茶のマスターが布施に語ったことと一致していると、谷口は思った。

「ひどく怒った様子だったんですよね」

「ああ」

黒田が質問した。

「何に怒っていたんでしょうね」

「工事に腹を立てる人は多いよ。騒音とか、通行の邪魔だとか……」

「何か特別なことに気づきませんでしたか?」

「特別なことと言やあ、殺人事件の現場だったってことだね」

谷口は最初に立原のもとを訪ねたときのことを思い出して言った。

「たしか、工事を始めるまで、そこが殺人現場だったことを知らなかったとおっしゃいましたよね?」

「ああ。そうだよ」

「そこが殺人現場だということを、いつ知ったのですか?」

「え……」

立原は、虚を衝かれたように谷口の顔を見つめた。

谷口はさらに尋ねた。

「工事を始めるまでそのことをご存じなかった……。それを知るきっかけが何かあったはずですよね？」

　立原は考え込んだ。記憶を呼び覚ましているのだろう。

　それを手助けしようとして谷口は言った。

「男が怒鳴り込んでくる前、あなたはそこが殺人現場であることをご存じでしたか？」

　立原はまだ考えている。やがて、彼は言った。

「そうだ。その男が来るまで、俺たちはそこが殺人現場だなんて考えもしなかったんだ。そのことを知るきっかけになったのは、男が文句を言ってきたことだ」

　黒田が尋ねた。

「その男が何かを言ったんですね？」

「ああ、そうだ」

「何を言ったか覚えてますか？」

「待ってくれ……」

　立原はさらに深く記憶を探っている様子だ。黒田は何も言わない。谷口も立原の発言を待つことにした。

　立原が言った。

「ここで殺人事件があったのを知っているか。ここは大切な場所なんだ。たしか、そう言った」

黒田が言った。

「間違いありませんね」

立原がうなずく。

「間違いないね。あの男はそう言ったんだ。俺は最初、何を言われたのかわからなかった。そして、その男を追い返した後、思い出したんだ。大学生が刺し殺された事件のことをね」

そのとき、出動服姿の男が現れた。町田署の似顔絵係だ。略帽のキャップをかぶっている。鑑識係員だ。

似顔絵係は鑑識係に所属していることが多い。

彼はそれから手際よく一時間ほどで似顔絵を描き上げた。

黒田が時計を見て言った。

「そろそろ一時か……。ジャズ喫茶のマスターが来ているだろう。店に行ってみるか」

谷口はうなずいた。

「はい」

黒田は町田署の似顔絵係に尋ねた。

「もう一軒、付き合ってくれるか?」

「かまいません」

ジャズ喫茶へ徒歩で移動する間、谷口は考えていた。

工事をする場所が事件現場であることを立原が知ったのは、謎の男の言葉がきっかけだった。その男が、花束を供えていた男と同一人物である可能性はより高くなった。

しかし、何かひっかかる。謎の男が立原に言ったという一言がどうも気になっていた。なぜ気になるのか、どの言葉がひっかかるのか、谷口本人にもわからない。

谷口は考えながら歩き続けていた。

17

ジャズ喫茶を訪ねると、生演奏ではなく、レコードがかかっていた。

「いらっしゃい」

カウンターの中から、マスターが言う。「ああ、刑事さんか……」

黒田が尋ねた。

「今日はライブ演奏は？」

「いつもライブをやっているわけじゃないんだよ。普通は日曜日が多いんだけどね。それで、何？　まだ訊きたいことがあるの？」

黒田が言った。

「似顔絵を作りたいと思いましてね。ご協力いただけませんか」

「似顔絵？　誰の？」

「道端に花束を供えていた男性の、です」

「いやあ、俺、顔はよく見てないんだよね。だから、特徴とかあまり覚えてないよ」

「印象でいいんです」

「役に立つかなあ……」

「今、いいですか？」

「営業時間中なんだけどなあ……」

「お客さんが来たら中断していただいてかまいません」

「当然だよ」

「じゃあ、お願いします」

町田署の鑑識係員がカウンター越しに質問しながら似顔絵を作製していく。

特徴はよく覚えていないと言っていたが、作業を始めると、マスターは意外なほど細かく指示をした。

記憶が曖昧でも、実際に絵を見るといろいろと思い出すものだ。記憶というのは、実に興味深い。本人が覚えていないと思っている事柄でも実際には記憶に残っていることが多いのだ。

「そうだね。こんな顔だったと思う」

やはり一時間ほどでき上がった似顔絵を眺めて、マスターが言った。

それは、先ほど立原管工社長の協力で作製したものとよく似ていた。

黒田が鑑識係員に尋ねた。

「さっき一度描いたので、その影響が残っているんじゃないのか？」

「まあ、人間ですから完全に影響がないといえば嘘になりますが、できるだけ排除したつもりです」

「つまり、立原社長が覚えていた特徴と、マスターが覚えていた特徴は、よく似ているということだな」

「そうですね」

黒田は慎重だと谷口は思った。これまでの経緯を見ても、花束の男と工事に文句を言った男は同一人物と見ていいだろう。似顔絵もよく似ており、何より右目の下に双方、ホクロがある。

それでも黒田は安易に同一人物と断定はしない。

黒田はマスターに礼を言ってジャズ喫茶を出た。谷口とともに店の外に出ると、似顔絵係の鑑識係員が言った。

「こういうときは、二人同時に話を聞きながら似顔絵を描くんですけどね……。それで充分です」

黒田が言った。

「いや、二人が見た男が同一人物と決まったわけではないのだ。別々に似顔絵を作りたかった」

「結局、似顔絵が二枚できてしまったわけですよね。どっちを採用します？」

「両方だ」

「両方？」

「必要なら二つの似顔絵で手配する」

谷口は驚いて言った。

「一人の対象者に対して、二枚の似顔絵ですか？」

「対象者が一人とは限らない」

「立原社長とマスターの話を合わせて考えると、一人と考えていいでしょう」

「同一人物だとしても、似顔絵が二つあって別に不都合はない。過去にも同一人物の指名手配に複数の似顔絵が使われたことがある。見た人がどちらかに反応してくれればめっけもんだ」

「わかりました」

町田署の鑑識係員が言った。「両方の似顔絵をお渡ししましょう」

黒田が絵を受け取り、言った。

「ご苦労だった。助かったよ」

「十年前の事件を調べ直しているんですよね」

「そうだ。事件のことを何か知っているか？」

鑑識係員は肩をすくめた。

「自分は当時、杉並署でハコバンをやっていました」

「そうか」

「でも、ご両親のことは知っていますよ。今でもビラ配りをやられているんでしょう？」

「ああ。世間からは忘れられても、決して事件を忘れられない人がいる。そういう人のためにも、ちゃんと事件の幕引きをしなけりゃならないんだ」

「そうですね。がんばってください」

鑑識係員は敬礼して去っていった。

「これからどうします？」

谷口が尋ねると、黒田は時計を見てこたえた。

「二時過ぎか。昼飯、まだだったな」

「そうですね」

「森野っていう交差点のそばに、塩ラーメンがうまい店があるらしい。行ってみるか」

谷口も空腹だ。異存はない。

「はい」

「飯を食ったら、カイシャに戻ろう」

二人は森野の交差点を目指して歩き出した。

絶品の塩ラーメンを平らげ、谷口と黒田は警視庁に向かった。

本部庁舎に着いたのは午後三時四十分頃だった。

席に戻ると谷口は黒田に尋ねた。

「似顔絵で、謎の男を手配しますか？」

「まあ待て」

黒田が言った。「その人物はまだ容疑者でも何でもない」

「しかし、何か事情を知っているはずです。参考人として手配すべきでしょう」

「そうだな……」

黒田は何事か考えながら言った。「だが、その人物が万が一、犯人だったとしたら、手配されたことを知って、姿をくらますかもしれない」

「現時点でも、何者かわかっていないんです。手配すべきでしょう」

「わかった。手配しよう。その前に……」

「何でしょう」

「これまでわかったことを整理しておきたい」

「わかったことといえば、謎の男が水道工事に文句を言い、道端に花束を供えた、ということだけですよ」

「その人物は、被害者の親しい友人ではなかった……」

「そのようですね」

「では、何者なのだろう」

「それは見つけて本人に訊けばわかります」

黒田は顔をしかめた。

「少しは頭を使え」

「すいません。使っているつもりなんですが……」

「推理するんだよ」

「予断につながりませんか？」

「いいか、継続捜査に必要なのは何か教えてやる」

「はい」

「霧の中に何があるのかを予測することだ」

「霧の中……？」

「そう。十年前の事件なんて、滅多に新たな証拠など出てこない。今回は幸運なんじゃないか。二件も証言が得られて、それらが、同一の人物を指しているらしい」

「たしかに幸運かもしれませんね」

「だったらその幸運を大切にしたいんだよ。公開捜査にするのも手だが、この似顔絵を頼りに地道に聞き回る方法もある」

「効率が悪いですよ」

「捜査において効率は二の次だ。どれだけ綿密に網を張って犯人を追い込めるか、なんだ」

「それはわかっていますが、犯人がわからないのですから、追い込むも何もないでしょう。まず、謎の男を見つけなければ……。彼が何か知っているはずです」

「俺はな、その謎の男がホシだろうと睨んでいるんだよ」

それを聞いて、谷口は驚いた。

参考人には当然嫌疑がかかる。重要参考人となれば、それはほぼ被疑者と同義だ。だが、まだ謎の男が疑わしいとは言えないと思っていた。いくら刑事は疑うのが仕事だとは言っても、謎の男を被疑者とするには無理があると、谷口は思った。

「謎の男がホシって、根拠は何ですか？」

「事件の周辺で奇妙な行動を取る人物がいれば、それは犯人の可能性が高いんだ」

「その理屈は無茶じゃないですか」

「霧の中に何があるかを予測すると言っただろう。継続捜査なんて、一メートル先も見えない霧の中を運転しているようなものだ。予測をしながらでないと前に進めないいんだ」

「それはわかりますが……」

「立原管工社長からはおまえが話を聞いてきたんだ。その内容をつぶさに思い出してみろ。何か手がかりがあるかもしれない」

そう言われて、谷口は思い出した。

先ほど立原社長に似顔絵を頼みに行ったときに聞いた何かが妙に引っかかっていたのだ。

谷口はそれを黒田に告げた。

黒田が尋ねた。

「何が引っかかったんだ?」

「それが、自分でもわからないんです。なんだか気になる一言があったんですが……」

「刑事はそういうのを大切にしなけりゃならないんだ。順を追って考えてみろ」

「ええと……。たしか、立原社長と、工事現場が殺人現場だったことをいつ知ったか、という話をしていたときに、ひっかかりを感じたんだと思います」

「立原社長の言ったことを、よく思い出してみるんだ」

「立原社長は、工事を始めるまでそこが殺人現場だとは知らなかったと言いました」

「そうだったな」

「男が怒鳴り込んで来たことが、知るきっかけになったと……」

「それから……？」

谷口は、できるだけ正確に、立原社長の言ったことを思い出そうとしていた。

「殺人現場であることを知るきっかけになった、男の一言はたしかこうでした。ここで殺人事件があったのを知っているか。ここは大切な場所なんだ……」

そこまで言って、谷口は気づいた。

「そうです。その一言に違和感があったんです」

「なぜだ？」

「なぜかは、はっきりとわからないんですが……」

「考えるんだよ。そこが重要なところかもしれないんだ」

谷口は言われて、いろいろと考えてみた。頭の中で、何度も、男が言ったという言葉を繰り返してみる。

やがて、こたえが見えてきた。

「男は大切な場所だと言ったんです。なぜそんなことを言ったのか気になったんだと思います」

「何がどう気になるんだ？」

「大切な場所、という言い方が妙だと感じたのだと思います。殺人事件が起きた場所というのは、たしかにいろいろな感情を呼ぶものでしょう。悲しみであったり、恐怖であったり、怒りであったり、好奇心であったり……。だから、恐ろしい場所だとか、避けたい場所だとかいった禁忌を意味する言葉ならわかるんです。大切な場所という言い方はちょっと変だと思うんです」

それを聞いた黒田は、何事か考え込んだ。

谷口は慌てて言った。

「あ、いや、これこそ根拠のない話ですし、深い意味などないのかもしれません。自分がそう感じたというだけのことですから……」

「もう一度言う。刑事はそういうものを大切にしなければならないんだ。それは、意外と重要なことなのかもしれない」

谷口は眉をひそめた。

「どう重要なのでしょう……」

「わからん。だが、そのうちに明らかになるかもしれない」

「はあ……」

「今の話を聞いて、俺はますますその人物が怪しいと思えてきたんだがな……」

「なぜです？」

「殺人現場を大切な場所だと考えるのは、どんな人物だ？」

「さあ……。わからないから違和感があったのだと思います」

「被害者を殺害することを、重要だと考えていた者にとっては、それを実行した場所は重要な意味を持つのかもしれない」

谷口は、黒田が言ったことを理解するまでしばらく考えなければならなかった。

「ええと、それはたとえば、被害者を怨(うら)んでいて、殺害することでその怨みを晴らしたとかいうことですか？」

「そういうこともあり得るな」

「それは動機に関わることですね」

「そういうことになる」

「だとしたら、えらいことですね。今までずっと、行きずりの殺人ということで捜査していたのに、そういう動機があるということは、行きずりではないということになります」

「そうだな」

黒田が思案顔で言った。「だがまあ、その可能性があるというだけのことで、行きずりの犯行の線はまだ捨てられない」

「でも、もし動機が怨恨だったとしたら、やっぱり変です」

「なぜだ？」

「怨んでいたやつを殺したんですよ。そこに花を供えたりしますかね」

黒田はまた考え込んだ。やがて、彼は言った。

「殺すつもりはなかったが、何かのはずみで殺害してしまった、ということもあり得る」

「その場合も、犯人と被害者は顔見知りだった可能性が高いですね。行きずりの犯行ではあり得ません」

「そうだな。だとしたら、被害者の周辺を洗い直すことで、犯人に近づけるかもしれない」

「でも、事件当時、鑑取りは充分にやったはずです。それでも容疑者は浮かんでこなかったんですよ」

「行きずり殺人という前提で捜査していたんだ」

「じゃあ、捜査の方針を変えるんですね」

「行きずり殺人じゃない可能性も探ってみようというわけだ」

谷口は、目眩がしそうだった。

「たった二人で殺人の捜査をやり直すということですか……」

「だからさ、何度も言うが、霧の中に何があるか予測することが大切なんだよ」

慰めにもならない言葉だと、谷口は思った。

「はあ……」

「それにな、俺たちには似顔絵がある。こいつはそれなりに頼りになると思う」

「公開捜査ですか？」

「いずれはな。だが、しばらく時間をくれ。似顔絵を持って歩き回りたいんだ」

「それがわからないんです。一般公開したほうが情報が集まるでしょう」

黒田はしばらく無言でいた。やがて、彼は言った。

「なぜだかわからないが、慎重にやる必要があるような気がするんだ」

18

午後六時の会議に、布施も出席した。鳥飼も恵理子もいる。そして、栃本もテーブルに向かって座っていた。

最初の項目表が配られる。まだ余白が多い。

栃本が一目見て言った。

「またトップは政局かいな」

鳩村は、少々むっとしながらこたえた。

「その話は一昨日片がついたはずだ」

「いや、結論は出てへん。あのときは、鳥飼さんがコメント出す言わはったさかい、それでええゆう話になったんとちゃうんですか」

「ならば、今日もコメントを出せばいい」

鳩村は、わずかだが期待を持って言った。

もし、一昨日のようにコメントが話題になれば、鳥飼の株も上がる。そうすれば、本人のやる気も違ってくるだろう。辞意を翻すかもしれない。

だが、鳥飼は何も言わない。ただ項目表を見つめているだけだ。何を考えているのかわからない。

おそらく何も考えていないのではないかと、鳩村は思った。

自分のことから話題がそれるのを、じっと待っているという感じだった。やはり、鳥飼らしくない。こういう場合、かつての鳥飼なら明るく軽口で応じていたに違いない。

鳩村は言った。

「鳥飼さん。どうですか？　今夜もトップは政局でいいですか？」

鳥飼は驚いたように顔を上げた。

「そんなことを訊かれたのは、初めてのような気がするな……」

「そんなことはありません。毎回、取り上げるニュースについては確認しています。それで、どうなんです？」

「ああ、いつもどおりでいいよ」

「今日は、コメントは？」

鳥飼は口をつぐんだ。

彼が一昨日の反響を知らないはずはない。

鳩村はさらに言った。

「今夜もお願いしたいんですけどね」

「後でVを見て決めるよ」

「内容はもうわかってます。別紙にあるとおりです」

「今日も環境大臣の件か……。総理に更迭の意思はないようだな」

「環境大臣にも今のところ、辞任の意思はないようですね。何かコメントはありますか？」

鳥飼は一瞬言い淀んでから言った。

「最終の会議までに考えておく」

鳩村はそれ以上追及するのは止めた。最終会議で彼がどう出るかを確認すればいい。

そのとき、栃本が言った。

「香山さんもコメント出さはったらどないですか？」

鳩村は聞き返した。

「どうして香山君が……」

「キャスターは二人おるんやし。どっちがコメント出したかてええんとちゃうんですか」

「コメントはメインキャスターが出すもんだ。メインキャスターがアンカーパーソンなんだ」

「鳥飼さんが、コメントに前向きやないんやったら、もう一人のキャスターである香山さんが出す。それ普通のことですやん」

鳩村は恵理子を見た。彼女は何も言わない。かすかに笑みを浮かべているだけだ。栃本が言うことを本気にしていないという表情だ。

だが、彼女はさきほどはっきりと言ったのだ。

アンカーパーソンには興味がある、と。

そして鳩村は、視線を鳥飼に移した。

鳥飼も栃本が言ったことを気にしている様子はない。だが、それは演技かもしれない。

鳥飼はなかなかのポーカーフェイスなのだ。

何を言おうか考えていると、珍しく布施が発言した。

「言いたいことを思いついたほうが自由にコメントする。それでいいんじゃない？　栃本さんが言うとおり、せっかくキャスターが二人いるんだから」

また無責任なことを言う……。

そうたしなめたかったが、ここは微妙な場面だ。へたなことを言うと、鳥飼、恵理子両方の機嫌を損ねかねない。

「せや」

栃本が言う。「そういう自由さは必要やね」

「考えておくよ。まだ時間はある」

鳥飼が言った。「じゃあ、俺はこれで……。ちょっと調べ物するから。二十時の会議で会おう」

彼は席を立った。

会議の終了を告げるのは鳩村だ。それを待たずに席を立つのは、これまでは布施くらいのものだった。

やはり鳥飼は辞める気なのだろうか。

ここは腹を据えて話をしてみなければならない。だが、いつがいいのだろう。善は急げと言うが、鳥飼がいつを潮時と考えているのかまだわからない。

鳥飼がその場からいなくなると、恵理子が布施に言った。

「例の件、調べてみたわよ」

「例の件？」

「町田事件と類似の事件」

「へえ……。似たような事件、見つかりました？」

「未解決事件はけっこうあるのね。地域性や共通点の多さから考えて三件に絞った」

「どの三件か、当ててみようか」

「あら、やってみてよ」

「十二年ほど前の座間谷戸山公園、そして、相模原の林間公園、もう一つは、小田急相模原駅近くの住宅街……」

恵理子は、にっこりと笑った。

「すでに目星はついていたってこと？」

「……ということは、正解だったということだね」

「正解」

栃本が言う。

「さすがやね。何もかもお見通しちゅうわけや」

布施は肩をすくめた。

「眼の付けどころはみんないっしょってことですよ」

「それで、類似の事件を調べることが、何の役に立つんや？」

「さあ、何の役に立つんでしょう」

布施は飄々としている。それが、鳩村には、人を小ばかにしているように感じられる。

鳩村は恵理子に言った。

「そういえば、三つの事件について、何か気になることがあると言っていたな。それは何なんだ？」

恵理子が言った。

「もう少し、調べさせて。今、警察の当時の担当者を捜しているの」

布施が言う。

「へえ……。香山さんが取材に行ったら、俺が行くよりずっと簡単にいろいろなことを聞けそうだね」

恵理子の代わりに鳩村が尋ねた。

「どうしてだ?」

「きっと香山さんのファンの人、たくさんいるよ」

警察署に恵理子が話を聞きに行くことの影響について、ちょっと真剣に検討しなければならないな。

鳩村はそう思った。

布施を手伝って事件のことを調べると恵理子が言ったとき、そんなことまで考えていなかった。

たしかに、テレビで顔を知られている恵理子が警察署や警視庁に取材に行ったりしたら、さまざまな影響があるに違いない。

第一、番記者たちが黙っていないだろう。恵理子のスタンドプレーと取られて、おそらくいろいろと文句を言ってくるはずだ。記者クラブの力は無視できない。

布施もかなりのスタンドプレーをやっているはずだが、彼は決して画面に顔を出さないし、派手な動きはしない。だから目立たないのだ。

番記者と遊軍記者の確執はどの媒体でもある。だから、布施のことを苦々しく思っている番記者もいるはずだ。

だが、布施が表立った動きをしないので、大目に見ているというところだろうか。

いや、布施のことだから、番記者全員を抱き込んでいるという可能性もある。布施には不思議な力があるとしか思えない。彼と知り合うと誰もが好意を持ってしまうようなのだ。

だが、その神通力も自分には通用しないと、鳩村は思っている。

「私も、長いこと、香山さんにお目にかかりたいて思てました」

布施が言う。

「香山さん、オジサンたちのアイドルだからなあ」

ここは一つ釘を刺しておかなければならないと鳩村は思った。

「香山君、君が取材に出ることは、いろいろと問題がありそうだ」

恵理子が怪訝そうな顔を向けてくる。

「あら、どうしてかしら」

「顔が売れすぎているんだ」

「今レギュラーは『ニュースイレブン』だけよ。そんなに世間に顔を知られているとは思えないわ」

「そりゃあ夜のニュース番組なんてたいした視聴率じゃない。それでもテレビの影響力というのは大きい。布施が言ったように、君は中高年男性の人気が高い」

「それを利用する手もあるんじゃないかしら」

鳩村はかぶりを振った。

「それは正当なジャーナリズムとは言いがたい」

「そうかなあ」

布施が言った。「俺、利用できるものなら何でも利用しちゃうけどな」

鳩村は布施に言った。

「だから問題だといつも言ってるんだ」

布施は鳩村の小言を無視するように、恵理子に言った。

「まあ、デスクが言うことももっともだ。香山さんが外に取材に出て、万が一何かあったら、たいへんだ」

「でも、私は布施ちゃんを手伝いたいのよ」

「外に出なくてもできることはたくさんある。昔の担当刑事を探して話を聞くのは、俺が引き受ける」

「外に出なくてもできることって……?」

「俺はね、香山さんが気になっていることってのが気になるんだ」

栃本が言った。

「私も気になりますね。それ、何ですの？」

「もう少しちゃんと調べてから話したかったんだけど……」

「聞かせてほしいですね。何かヒントになるかもしれないし……」

「私は警察の捜査能力ってすごいと思っているの」

恵理子はうなずいてから、布施と栃本に言った。「警察が、判断ミスをすることはないんじゃないかと思っていたの」

栃本が言った。

「警察かて、間違いはやらかします。……ちゅうか、最近はミスが目立つような気ぃせえへん？」

布施も言った。

「たしかに日本の警察は優秀だよ。特に警視庁の実力はたいしたもんだ。それでも、ミスは起きる。起きてはいけないんだけどね」

恵理子はしばらく考え込んでから言った。

「町田事件を含めて四件。これらの事件には共通点がある。事件が発生した場所が近い。いずれも刃物が凶器となっている。そして、四件とも行きずりの犯行だと報じられた……」

　布施が尋ねた。

「それが何か……？」

「警察はどうして、これらの事件を連続殺傷事件と考えなかったのかしら」

　鳩村は興味を引かれて、思わず尋ねた。

「連続殺傷事件？　つまり同一犯の犯行だということか？」

　恵理子はうなずいた。

「それぞれの犯行現場が近いし、凶器も刃物という共通点があるの。同一犯の犯行と考えてもおかしくはないでしょう」

　鳩村はノートパソコンを引き寄せ、地図ソフトを立ち上げた。

「四件の事件が起きた場所は……」

　恵理子から聞き、場所を確認した。「たしかに、近い。……というか、小田急線に沿って事件が起きているな……」

　恵理子が言う。

「同一犯だとしたら、その人物は小田急線を利用しているということでしょう。ごらんのとおり、第一の事件の座間谷戸山公園は、小田急座間駅の近くよ。二件目と三件目は同じく小田急相模原駅の近くなの。そして、四件目が町田駅の近く……」

「待て。だからといって、同一犯だと決めてかかるのはどうかと思う。警察はそうは見ていないのだろう？」

「その理由がわからないのよ」

恵理子の言葉に、布施がこたえた。

「もし、同一の凶器だったりしたら、当然警察は連続殺傷事件と考えただろうね。でも、同じ凶器じゃなかったんだ」

恵理子、栃本、鳩村の三人が同時に布施を見た。恵理子がつぶやくように言った。

「同じ凶器じゃなかった……？」

「当時のニュースビデオや新聞記事を調べてみた。刃物であることは共通しているんだけど、形状や刃渡りに違いがあるようだ」

栃本が言った。

「同一犯が違う刃物を使ったんかもしれへんで」

布施は肩をすくめた。

「同一犯であることを証明する事実が出てこなかったんでしょう。そういう場合、警察は断定を避けるんですよ」

「こうして並べてみたら、素人でも連続殺傷事件やないかて推理するっちゅうのに、警察はそないに考えへんのやろか」

「香山さんは、多くの未解決事件から三件の事件を選んだ。そうすることで初めて共通点が見えてきたんだ」

「当然、警察でもそういうことをやるべきやね」

「これまで継続捜査というのは、ごく限られた人数で細々と続けられてきたんです。殺人などの公訴時効があった時代には、未解決事件もコールドケース、つまり迷宮入りとされました。殺人なんかの重要事案の公訴時効が廃止されて、継続捜査をする部署ができたりしましたが、まだノウハウが確立していないんじゃないでしょうか」

「それにしても、やね……」

「事件の連続性が見えにくい事情もあったんですよ」

その布施の言葉に、恵理子が反応した。

「連続性が見えにくい事情？　どういうこと？」

「俺も、町田事件と類似の事件を調べているうちに、香山さんが見つけた事件にたどり着きました。ただ、警察内部にいたとしたら、この四件を並べて考えることはできなかったかもしれません」

「そうか……」

鳩村は気づいた。「管轄か……」

布施はうなずいた。

「そう。町田の事件はもちろん、警視庁町田署が初動捜査を行い、捜査本部も町田署に置かれました。でも、その他の三件は神奈川県警の管轄なんです」

恵理子は言った。

「たしかにそうね……」

栃本が言う。

「こっちの地理には詳しないんやけど、そういうことなんやね」

布施の説明が続く。

「しかも、第一の座間谷戸山公園の事案の担当は座間署、あとの二件は相模原南署です。所轄が違うというのはなかなか面倒なんですね」

「凶器が同一でない。しかも、所轄が別……」

鳩村は言った。「そういう事情が重なって、未解決事件となっているわけか……」

布施が言う。

「しかも、発生当初から行きずりの犯行と見られていましたから……」

鳩村は布施に尋ねた。

「おまえはこれが連続殺傷事件の可能性があると考えているわけだな?」

「そう考えているのは、俺じゃなくて香山さんだと思うんだけど」

恵理子がこたえた。

「たしかに、それが気になっていたの」

鳩村はさらに布施に尋ねた。

「俺はおまえの意見が聞きたいんだ」

「その可能性はあると思います」

「だからおまえは町田事件にこだわっていたのか？」

「まさか……。俺、そんなに敏腕じゃないですから……。最初はただ両親のことが気の毒だと思っただけです」

どこまでが本当かわからない。

栃本が言った。

「こういう記者さんはね、嗅覚が発達してるんや。理屈やないんやね。そのネタがおいしいかどうか、感覚でわかるんや。そやから、言うことを聞いたほうがええんや」

「嗅覚なんてものに付き合ってはいられない」

「そやけど、どない思いますの？　町田事件が新たな展開を見せるかもしれへんのです」

鳩村は一つ大きく息をついた。

「たしかに、単なる人情話じゃなくなってきたようだな」

布施が言う。

「じゃあ、町田事件を番組で取り上げてくれるんですか？」

　鳩村はかぶりを振った。

「まだだ。おまえだって、町田事件が連続殺傷事件の一つだと確信しているわけじゃないんだろう？」

「それはそうですが……」

「新たな展開があったら、そのときに考える」

「わかりました。取材を続けます」

　恵理子が布施に言った。

「私は何をすればいい？」

　布施がほほえんだ。

「事件についてさらに詳しく調べてほしいな。凶器のこととか……。四件のうち二件は傷害事件だから、当時の被害者がどこかにいるはずだ。それが見つかるとありがたいですね」

「わかった」

「じゃあ、俺はこれで……。八時と九時の会議はパスしますよ」

「あ、待て」

　鳩村が呼び止めるのも気にしない様子で、布施は立ち上がり、歩き去った。

また『かめ吉』か、と谷口は思った。

午後八時過ぎまで本部庁舎内で過去の傷害や傷害致死、殺人の前歴を持つ者の顔写真をずっと見つめていた。

似顔絵に似ている前歴者をピックアップするためだ。

ノートパソコンの画面をずっと睨んでいたので、目がしばしばした。

「今日はこれくらいで、飯にしよう」

黒田が言った。ついていくと、案の定『かめ吉』だった。かつてはうんざりしたものだが、今ではそうでもない。慣れというのは恐ろしい。

あるいは、俺にも『かめ吉』の価値がわかりはじめたのだろうかと、谷口は思った。

黒田と二人でビールを飲んでいるとまた、東都新聞の持田が近づいてきた。黒田はお約束のように不機嫌な顔になった。

黒田が、帰ろうと言い出さなかったのは、出入り口に布施の姿が見えたからだろう。

布施は、谷口たちのほうにまっすぐやってきた。

持田がまだ席の脇に立っていた。

「やあ、どうも……」

布施が言って、谷口の隣に腰を下ろした。ずいぶんとあつかましい行動だが、不思議と布施だと気にならない。黒田も何も言わない。

その布施の姿を見て、持田が黒田の隣に座ろうとした。とたんに黒田が言った。

「誰が座れと言った」

持田は、にたにたと笑いながら、立ち上がった。

「いいじゃないですか」

「だめだ」

「布施ちゃんはいいんですか？　どうしてです？」

「そんなことはどうでもいい。あっちへ行ってくれ」

持田はひるまない。

「今日も町田に行って来たんですね？　ねえ、花束とか工事とか、何の話だったんです？」

黒田はこたえない。もちろん谷口も口をつぐんだままだ。

布施がビールを注文してから、持田に言った。

「ねえ、あんた、神奈川県警の相模原南署や座間署に知り合いはいない？」

持田が苦笑した。

「何それ。僕、警視庁だけで手一杯だよ」

黒田が眉をひそめて布施に眼をやった。その表情を見て、谷口は気づいた。

布施は持田に尋ねたのではなく、黒田にメッセージを送ったのだ。

相模原南署と座間署。いったい何のことだろう。今はわからないが、布施が何かを伝えようとしていることは明らかだ。

なるほど、だから黒田は『かめ吉』に通うのだな。

谷口はそう思いながらビールを一口飲んだ。

19

午後九時の最終会議に、やはり布施は現れなかった。

鳩村は、最後の項目表を手に、オンエア前のチェックをしていた。

「じゃあ、項目表どおり、『ヘッドライン』のVが明けたら、政局から始めます」

誰も何も言わない。

もっとも、この時点で何か言われても困る。飛び込みのニュースがあれば別だが、たいていは九時の会議に配られた項目表どおりに番組は進む。

ひととおり説明を終えると、鳩村は鳥飼に尋ねた。

「コメントの件はどうしますか?」

「特に思いつかなかった。俺のコメントは必要ないと思う」

「一昨日のオンエアで話題になりましたから、続けてやっていきたいところですがね」

「キャスターが急に、べらべらと私見をしゃべりはじめたら問題だろう」

栃本が言った。

「何が問題ですの？　キャスターなんやから、好きに言わはったらええんですわ」

　鳥飼はその言葉に対して何も言わない。ふと考え込んだ様子を見せた。最近の鳥飼はずっとこんな感じだなと、鳩村は思った。

　栃本がさらに言った。

「テレビの視聴者は、もっとキャスターの生の声を聞きたがってるんちゃいますか」

　それでも鳥飼が何も言おうとしないので、鳩村が代わりに言った。

「何度言えばわかるんだ。バラエティーやお昼のワイドショーとは違うんだ。不用意に言った一言が、世の中を騒がせることになるんだ」

「騒がせたらええやないですか」

「何だって……」

「事実、一昨日のコメントが話題になったんやから。世間を騒がせれば、それだけ数字を稼げますやん」

「報道番組には数字より大切なものがあるんだ」

「民放テレビで数字より大切なもんなんて、あらへんのやないですか。デスクも本音ではわかってはるはずや」

　鳩村は一瞬、言葉に詰まった。

　テレビマンであるからには、栃本が言うとおり数字がついて回る。視聴率を稼げなければいずれ閑職に追いやられるか、へたをすればクビだ。

もちろん労働基準法があるので、簡単にクビを切られることはないが、いろいろな圧力がかかり、結果的に局にいられなくなるのだ。事実上、クビと同じことだ。

「ジャーナリストとしての気概を忘れたら終わりだ。それが俺の本音なんだ」

「数字よりも気概ですの？」

「そうだ。俺もテレビマンなので、数字はもちろん気にする。局の人間として会議では数字のことをしゃべる。しかし、ジャーナリズムとは何かを考え続けないと、報道番組は成り立たないと思っている。ジャーナリストの矜持を捨てて数字が取れたとしても、それは報道番組じゃない。ただのバラエティーだ」

「バラエティーをなめてはるんですか」

「そうじゃない。それぞれの番組に、忘れちゃいけない骨があるということだ」

「骨？」

「そうだ。何より重要な骨格だ。それを忘れたら番組の意味がなくなる」

「さすがやね」

鳩村はこの言葉を皮肉だと思った。

「なめてるのはどっちだ。たしかに局はバラエティーで稼ぐのかもしれない。しかし、ネット社会になった今でも、俺は報道がテレビ放送の大きな部分を担っていると信じているんだ。放送はジャーナリズムなんだ」

「わかってます。そやから言うてるんや。さすがや、て」

「皮肉はいい」

「皮肉やあらへん。私は鳩村さんをサポートするためにやってきたんや。デスクをサポートするっちゅうことは、デスクの方針や考え方をサポートするっちゅうこっちゃ」

それまでのやり取りを黙って眺めていた香山恵理子が言った。

「そう。皮肉なんかじゃないわ」

鳩村は驚いて恵理子を見た。

「何だって……」

「栃本さんは、一貫してデスクのサポートをしようとしている。それは間違いないと思う」

「どうかね……」

「その言い方こそが皮肉なんじゃないかしら」

そう言われて、鳩村は少しばかり反省する気になった。

「皮肉を言うつもりはない。だが、はっきり言わせてもらう。栃本は視聴率至上主義だ。数字を取るために『ニュースイレブン』を変えようとしている。俺はそれが許せないんだ」

恵理子が何か言おうとした。だが、彼女は言葉を呑んでしまった。彼女より早く、鳥飼が発言したからだった。

「そのデスクの頑固さが、番組の風通しを悪くしてるんじゃないのか」

鳩村は目を丸くして鳥飼を見ていた。

意外な方向から斬りつけられた気分だった。鳩村は鳥飼の味方だった。だから、向こうも自分の味方だと思っていた。

鳩村は何をどう言えばいいのかわからずに黙っていた。

鳥飼が言葉を続けた。

「デスクはいつもジャーナリストの理念を語る。それはいい。それが報道番組の骨だということもわかる。じゃあ、その理念が今の『ニュースイレブン』に生きているか？」

「だから……」

鳩村は言葉を探した。「何とかしようと踏ん張っているんです」

「どんなふうに踏ん張っているんだ？」

「たしかに『ニュースイレブン』は数字が取れなくなってきました。だからといって、報道の姿勢を崩しちゃいけない。数字を取るためにバラエティーにする必要なんてないんです」

「栃本が『ニュースイレブン』をバラエティーにしたいだなんて、一言だって言ったことがあったか」

「え……」

「俺も最初は警戒したよ。東京の報道番組に関西の要素を持ってきてどうするんだって……。だけど、栃本は真剣だった。本気で『ニュースイレブン』のことを考えているのがわかったんだ」

「真剣に『ニュースイレブン』のことを考えている……?」

鳩村は思わず聞き返していた。そして、鳥飼が言ったことを考えてみた。「でも、栃本は何かといえば数字のことばかり言っていたんです」

「それもデスクを守るためだろう。数字が取れなければ、デスクの立場も危うくなるし、番組自体もなくなるかもしれない。編成はスポンサーと広告代理店の顔色しか見ていない。どんな老舗の番組でも簡単に切られる時代だ。そうならないために数字が必要だと、栃本は言っていただけだ」

「俺を守るためですって……」

「そうだ。だが、いつもデスクのほうが突っぱねていたんだ。デスクと栃本が、報道の客観性について議論したのを覚えているか?」

「ええ、たしかそんなことがありましたね」

「あのとき、栃本は言った。客観性も大切だが、もっと大事なのは人間性だと。そのときデスクは何を言ったか、覚えているか？」

「さあ……。何を言いましたか……」

「人間性というのは、お笑いのことか。そう言ったんだ」

　鳩村は、あっと思った。栃本と議論していて頭に血が上っていたのだ。

「そんなことを言ったかもしれません」

「それでも栃本は腹を立てず、笑いが取れれば御の字だと言った。そのときに俺の気持ちは固まった」

「気持ちが固まった……？」

　栃本が反応した。「それ、どういう意味ですの？」

　鳥飼は栃本に言った。

「デスクに、キャスターを降りたいと伝えた」

　栃本と恵理子は驚きの表情のまま固まった。

　鳩村は、鳥飼が言ったことに衝撃を受けていた。

　自分の言葉が辞意を固めさせたのだ。

　それだけではない。栃本に対してひどく失礼なことを言いながら、それに気づいていなかったのだ。

　恵理子が言った。

「待ってください。本当に番組を降りるおつもりですか」

「ああ。そのつもりだ」

「どうしてです」

鳥飼は、言いづらそうにしかめ面になり、しばらく考えていたが、やがて言った。

「息苦しいんだよ」

恵理子が聞き返す。

「息苦しい……？」

「そう。番組の風通しが悪くなったように感じていた。ずっと理由がわからなかった。番組が始まった当初は、もっとみんなが活き活きとしていたし、何をやっても面白かったような気がする。まあ、俺が年を取ったせいなのかもしれないが……」

恵理子と栃本はじっと鳥飼の言葉に耳を傾けている。鳩村も言葉がなかった。ただ、うつむいているしかなかった。

「デスクの言うことはよくわかるんだ。ジャーナリストの理念や矜持は大切だ。それがあったからこそ、番組をやってこられたのだと思う。だが、最近デスクの理想と番組の現実がどんどん噛み合わなくなってきたように感じていたんだ。息苦しくなっていった。デスクがその溝を埋めようと努力すればするほど、なんだか閉鎖的になり、息苦しくなっていった。だから俺は、栃本が関西からやってきたことで、実は少々期待していた面もあった。栃本がその閉塞感に風穴を開けてくれるんじゃないかと思って……」

鳥飼はそこで、言葉を切った。

短い沈黙の後に、彼がまた話しはじめた。

「だが、デスクは栃本の言葉に耳を貸そうとしなかった。栃本は一貫して、『ニュースイレブン』の視聴率を上げる工夫を提案していた。だが、デスクはまるで無視だった」

そうだったかもしれない。

栃本は、香山恵理子の美脚をもっと映せと言ったり、布施にもっと注目しろと言ったり、キャスターが本音を言ってはどうかと提案していた。

鳩村はそれらの言葉を、ことごとく拒否したのだ。

思えば栃本への反発は理由のないものだ。彼が番組を引っかき回しに来たと、勝手に思い込んでいただけだったのではないだろうか。

今、冷静になって考え直してみれば、鳩村のほうがずっと不真面目だったようにも思う。形のない理念を振りかざし、結果を出そうとしなかった。

守りに入っていたのだ。もしかしたら、保身を考えていたのかもしれない。よそ者に自分の番組をいじられたくない。そんな思いがあったのだ。

それは思い上がりだ。

『ニュースイレブン』は鳩村の番組ではない。鳥飼の番組であり、恵理子の番組だ。布施の、そして栃本の番組でもある。

　鳥飼の話が続く。

「昔の『ニュースイレブン』は、誰もが自由にものを言っていたように思う。意見がぶつかったこともある。喧嘩になったことだってある。だがそれは、みんなが本当に番組をよくしようと考えていたからだ。その熱が視聴者に伝わっていたんだと思う。閉鎖的になり、凝り固まった今の『ニュースイレブン』にその熱はない。数字が落ちるのも無理はない」

　鳥飼の話が終わった。それでも誰も口をきかない。

　ここは真っ先に自分が何か言わなければならないと、鳩村は思った。

「すまない」

　鳩村は栃本に頭を下げた。栃本が驚いた顔で言う。

「何ですの、急に……」

「俺は意固地になっていたようだ。そして、あんたを恐れていたんだ」

「恐れていた……」

「長い間かかって育ててきた番組をぶち壊されるような気がしていたんだ。だが、それが間違いだと、今気づいた。『ニュースイレブン』の本当の伝統を忘れていた」

「ほんまの伝統……？」

「そう。形を守るのが伝統じゃない。常に新しいものを模索する。その姿勢こそが本当の『ニュースイレブン』の伝統だったんだ。俺のせいでその伝統を失うところだった」

「ここ来たときは、ずいぶんと堅っ苦しいとこや、思いましたわ」

鳩村はもう一度謝った。

「すまなかった。すべて俺のせいだ」

「せやけど、伝統はまだまだ続いてるんとちゃいますか」

「え……？」

「こうしてみんなで本音を言い合えてるやないですか」

鳩村は、鳥飼と恵理子の顔を見た。恵理子が言った。

「そうね。こういう雰囲気、しばらくなかったわね」

彼女は鳥飼のほうを見た。「これが、鳥飼さんのおっしゃる熱なのね」

鳩村は気づいた。

「一昨日、鳥飼さんがコメントを出したのも、番組に対する警鐘だったというわけですね」

鳥飼は肩をすくめた。

「どうせ辞めるんだから、最後は好きにやらせてもらおうという気持ちもあった」

鳩村はうなずいてから、全員に言った。

「おおいに言いたいことを言ってくれ。俺も言いたいことを言う。どんどん意見を戦わせていきたいと思う」

鳥飼が言った。

「じゃあ、言わせてもらうが、町田の事件を布施と香山君が勝手に調べているのは、番組的におかしい」

恵理子が言った。

「ちょっと待ってください。その前に、言っておきたいことがあります」

「何だ」

「『ニュースイレブン』には鳥飼さんが必要です。辞めないでください」

鳥飼が苦笑した。

「ずいぶんとストレートだな」

鳩村が言った。

「実は俺もどう言おうかずっと考えていたんです。この機会だから、俺もストレートに言わせてもらいます。メインキャスターを続けてください」

鳥飼は、居心地悪そうに身じろぎしてから言った。

「俺にまだまだやることがあるということか」

栃本が言った。

「そうです。鳥飼さんにできることは、まだまだあるやろって思います」

鳥飼は肩をすくめた。

「番組を降りて、楽をしようと思っていたんだがな……。まあ、そう言ってもらえるなら、考えてみる」

恵理子が言った。

「考えてみる、じゃなくて、辞めないとはっきり言ってください」

「考えてみる」

鳥飼はそう繰り返しただけだった。それから言葉を続けた。「町田の件だ。現状ではおかしなことになっているな。そうは思わないか」

それに対して、恵理子が言う。

「たしかにデスクが取材を全面的に認めているわけじゃありません。でも、やる価値はあると思います」

栃本が言った。

「ここまできたんやから、止める手はないと思います」

「止めろと言っているわけじゃない。逆だよ。とことんやってくれと言ってるんだ。布施がどうしてスクープを取ってこられるかわかるか？　デスクの言いなりになんてなっていないからだ。これと思ったネタは徹底的に追いかける。それが布施のスクープの秘訣だ。『ニュースイレブン』が始まった頃のやり方をずっと守り続けているのは、実は布施なんだよ」

それを聞いて鳩村は言った。

「たしかにそうかもしれない。でもね、俺にはあいつの手綱を締める役割があるんです」

鳥飼が言った。

「わかってるさ。布施のようなタイプは組織には馴染まない。番組にとっても両刃の剣かもしれない。しかし、強力な武器であることは間違いないんだ。栃本はやってきた当初から布施に注目していた。ここは一つ、布施に懸けてみてもいいんじゃないか」

鳩村は言った。

「町田の件を番組で取り上げるというんですか？　いや、それはまだ決められません」

「取り上げるかどうかはデスクに任せる。ただ、いつでもバックアップできる態勢を整えておきたいじゃないか。何でも、連続殺傷事件の可能性が出てきたとか……」

「誰から聞きました？」

「俺が蚊帳の外にいたと思っているんだろうが、情報は洩れ聞こえてくるよ」

鳩村は恵理子と栃本に言った。

「君たちにとっては、乗りかかった船だろう。布施を助けてやってくれ。ただし、香山君の外回り取材はなしだ」

「そう」

鳥飼が言った。「キャスターにはキャスターの役割がある」

恵理子がうなずいた。

「わかりました」

鳩村は時計を見た。

十時を過ぎている。いつもの最終会議よりも時間を食ってしまった。

「さあ、あと一時間でオンエアだ」

鳩村はその一言で会議を締めくくった。

「さすがやね」

栃本が言った。「そこまで考えてはるとは思てまへんでした。やっぱり、メインキャスターやれんのは鳥飼さんしかいてはりませんわ」

鳥飼は笑みを浮かべて言った。

「だから、考えてみるよ」

20

東都新聞の持田がなかなか立ち去らないので、黒田が苛立っている。それを見て谷口は、はらはらしていた。

黒田は布施に、どうして神奈川県警の相模原南署と座間署の名前を出したのか質問したいのだ。だが、持田がいるのでそれができない。

あからさまに追っ払えば、さすがに持田も何かあると気づくだろう。

布施は何事もなかったかのようにビールを飲み、料理を食べている。

ついに苛立ちの限界に来たのか、黒田が谷口に言った。

「おい、引きあげるとしようぜ」

持田が言った。

「あれ、もう帰っちゃうんですか」

おまえのせいだ。黒田はそう言いたげに持田を睨んだ。

布施が言った。

「ええと……。もうちょっと話をしたかったんですけどねえ……」

黒田は浮かせかけた腰を再び下ろして布施に言った。

「邪魔者がいるところじゃ、落ち着いて話ができねえんだよ」

「あれえ」

持田が言った。「邪魔者って、僕のことかなあ」

黒田が言った。

「おまえ以外に誰がいるんだ」

「これ、何度も訊いたと思いますけどね、どうして布施ちゃんがよくて、僕はだめなんです？」

黒田は持田を相手にせずに、布施に言った。

「どこか河岸を変えて話をするか？」

「そんな必要ないですよ」

黒田が怪訝そうな顔をする。

「持田に聞かれちまう」

「別にいいですよ」

「俺は、よかあねえんだ。あんただって、スクープをふいにしちまうかもしれない」

「俺、スクープにこだわっているわけじゃないですから……。逆に持田の取材力を借りたいくらいです」

「こいつは、協力なんてことは頭にない。きっとあんたを出し抜くぞ」

持田が言った。

「何の話だかわからないけど、なんだか失礼なことを言われているような気がしますね」

黒田が顔をしかめる。

「いいから、おまえは黙っていてくれ」

持田はそれでもにやにやと笑っている。もしかしたら、黒田が悪態をつくのを、親しみの表現だと勘違いしているのかもしれない。

谷口はそう思うと、なんだか持田が哀れに思えてきた。

布施が言った。

「俺、神奈川県警にあまり知り合いがいないんですよね。うちの支局とかに訊いてみてもいいんだけど、なんだか大げさなことになりそうなんで……」

黒田が言った。

「その話はせめて、持田がいなくなってからにしようと思ったんだがな……」

「まさか……」

持田が言った。「なんかおいしいネタなら食らいついて逃がしませんよ」

黒田はふんと鼻で笑ってから言った。

「さっき、相模原南署や座間署と聞いても何とも思わなかった様子だったがな……」

持田はきょとんとした顔で言う。

「知り合いがいないかと訊かれたから、いないとこたえただけですよ」

布施が持田に尋ねる。

「本当に知り合い、いない？」

「いないねえ」

「伝手は？」

「そりゃあ、探せばあると思うけど……」

「紹介してもらえないかなあ」

持田が眼を輝かせる。

「事と次第によるね。何か見返りがあれば、伝手を紹介するよ」

「ちょっと待て」

黒田が不機嫌そうに布施に言った。「相模原南署や座間署と言ったのは、俺たちに何かを示唆するためじゃなかったのか？」

「え、示唆ですか……」

「そうだ。持田に気づかれないように、俺たちに何かを知らせようとしたとか……」

やはり黒田もそう考えていたようだ。

布施がこたえた。

「ええと……。いえ、ただ持田なら相模原南署や座間署に知り合いがいるんじゃないかと思って訊いてみただけですけど……」

こっちの期待のし過ぎだったのだろうか。谷口はそう思った。黒田も少々失望した様子だ。

いや、まだわからない。

谷口は思った。布施の発言は額面通りには受け取れないのだ。布施は、自分では裏表はないと言っているが、少なくとも谷口にはそうは思えなかった。

持田が布施に尋ねる。

「なんで相模原南署や座間署に興味があるんだ？　東京キー局の記者なんだから、警視庁のことだけ気にしてりゃいいだろう」

「俺、今、未解決事件に興味を持っててさ。相模原南署も座間署も行きずりの殺傷事件を抱えているんだよ」

「へえ、そうなの。でもね、未解決の殺傷事件なら、どこの署でも抱えているだろう」

「まあ、そうだね。とりあえず、とっかかりがその二つの警察署だってことだよ」

「未解決事件ね。特集でもやるの？」

「そうだね。デスク次第だけど、番組で取り上げてもらえるかもしれない」

「それで、継続捜査を担当している黒田さんと話をしているというわけか」

「そうだよ」

「何だ……。僕はもっとおいしいネタかと思った」

布施はほほえんだ。

「俺、けっこう地味なネタを拾って歩くの、好きなんだ」

「未解決事件の継続捜査ね……」

持田はそうつぶやいた。「たしかに重要だけど、紙面を飾るようなネタじゃないなあ……。じゃあ、僕、失礼しますよ」

黒田が言った。

「その紙面を飾るようなネタじゃないのが、俺たちの仕事なんだ」

「わかってますよ」

持田がにやにやと笑いながら言った。「だから言ったじゃないですか。重要だって……。それじゃあ、僕はこれで……」

ようやく持田が去っていった。

黒田が布施に言う。

「相模原南署と座間署って、どういうことだ?」

「言ったとおりですよ。その二つの署も、行きずりの未解決殺傷事件を抱えているんです」

黒田はぴんときた様子だった。

「相模原と座間は、町田に近いな」

布施はただ肩をすくめただけだった。

まさか、と谷口は思った。

相模原南署、座間署管轄の未解決事件が、町田の事件と関係があるということだろうか。

今まで、まったくそんな発想はなかった。黒田と谷口は、過去の記録を基に捜査を進めていた。新たに証拠や証言が見つかりにくい継続捜査においては、過去の記録をつぶさに見直すことが何より大切だ。

だから、谷口もその原則に従っていた。

だが、布施は違うようだ。彼はさまざまな方向から事件を眺め、さらに視野を広げてみたのだろう。

当然、黒田もそういう試みをしていたに違いない。だが、神奈川県警の事案までは目配りができなかったようだ。

黒田は谷口に言った。

「おい、カイシャに戻るぞ」

当然そう来ると思った。

「はい」

二人はほぼ同時に席を立った。布施一人が席に残された恰好になったが、彼はまったく頓着した様子がない。悠々とビールを飲み、料理を食べ続けていた。


本部庁舎に戻ると、黒田が言った。

「相模原南署と座間署の事案だ。すぐに洗え」

警察署に連絡するまでもなく、記録はオンラインですぐに見つかった。

「これですね」

谷口は、黒田に記録を見せた。

黒田はパソコンのディスプレイを見ながら言った。

「座間署の事案は、十二年前の暮れだから、正確には十一年半前か……。現場は座間谷戸山公園。相模原南署のほうは、相模台（さがみだい）の住宅街だな。こっちが十年半前……」

「町田の事案を含め、いずれも小田急線沿線で起きてますね」

「手口は？」

「いずれも刃物による殺傷です」

「凶器は同一ではないのか？」

「それは調べてみないとわかりませんね」

「至急手配しろ」

「はい」

「殺傷事件と言ったな。生きている被害者がいるということか？」

「座間署の事件は傷害です。つまり被害者は生きていたということですが、現在はどうですか……」

「それも確認しろ」

時刻は午後九時半だ。

内務関係や日勤の刑事などは帰宅しているかもしれないが、必ず当番がいる。谷口はまず、相模原南署に電話をかけた。

「はい、刑事課」

「警視庁・特命捜査対策室の谷口と言います」

「警視庁……？　ご用件は？」

警戒心の滲(にじ)んだ声だ。

「ある未解決事件について、詳しく事情を知りたいのです」

「はあ、未解決事件……。あ、特命捜査対策室って、継続捜査担当の……」

「そうです」

「それはご苦労なこって……。それで、どんな事件です？」

「十年半前に起きた殺人事件です。行きずりの犯行と見られています。被害者は刃物で刺されました」

「ああ……。そんな事件がありましたね……」

「詳しくご存じですか？」

「いやあ、自分はその頃まだガッコウですよ。刑事課に配属になったときに、引き継ぎでちらりと聞いた程度です」

「その事案を担当した方は、今そちらにおられますか？」

「そうだなあ……。十年以上前から刑事やってるとなると、係長くらいでしょうかね」

「強行犯係長ですか。お名前は？」

「富田(とみた)です。富田道彦(みちひこ)警部補」

「連絡先を教えていただけますか？」

「個人情報はなるべく教えたくないですねえ」

「捜査のためなんです」

「富田のほうから連絡させますよ。電話番号を教えてください」

ここで相手の言いなりになるわけにはいかない。

「番号をお教えするのはかまいませんが、悠長に連絡を待っていられないんです」

「継続捜査でしょう」

わずかだが嘲（あざけ）るような響きがあった。相手は継続捜査に緊急性などあり得ないと思っているようだ。

「そうです。しかし、殺人の捜査に変わりはないんです」

やや間があった。

「わかりました」

相手はようやく富田係長の携帯電話番号を言った。

「ありがとうございます。それと、捜査の記録を見せていただきたいのですが……」

「そういうことは、捜査共助課とか警察庁を通して正式に申し入れてもらわないと……」

「こちらの借りということでいいですよ。何かあったときには、あなたに無条件に協力します」

「何かあったらね……」

相手は間を取ってから言った。「わかりました。明日までに書類をそろえておきます。ただし、持ち出しは厳禁ですよ」

「わかっています」

谷口は電話を切ると座間署にかけた。

同じようなやり取りがあり、こちらも当時の事件のことを知っている刑事の連絡先を教えてくれた。

今は県警本部の刑事部刑事総務課にいる高島弘治という名の警部だった。

座間署にも事件の資料をそろえてくれるように頼んだ。

電話を切ると結果を黒田に報告した。そして、谷口は一言付け加えた。

「相模原南署も座間署も、決して協力的とは言えないですね」

「まあ、よそ者が自分のところの事案をほじくり返そうというんだ。面白くはないだろう。それに、どこの所轄の連中も忙しい。継続捜査なんかに、今抱えている事案の捜査を邪魔されたくないんだろう」

「これがきっかけで、向こうの未解決事件も解決できるかもしれないのに……」

「こういう事件は解決しない。そう考えているんだ。時間も人手も限られているからな」

黒田はそう言いながら、携帯電話を取り出した。まず、相模原南署の富田係長に電話をするようだ。

短いやり取りがあり、黒田は電話を切った。

「これから会ってくれるそうだ」

「え……。神奈川県ですよね」

「それがどうした」

「もう、十時ですが……」

「刑事に時間なんて関係ない」

それから二人はすぐに出かけた。

富田係長が住んでいるのは、相模原南署のそばの官舎で、最寄りの駅は小田急線の相模大野(さがみおおの)だった。

家の外に何人かの記者の姿がある。課長ほどではないが夜回りがいるのだ。

谷口がインターホンのボタンを押すと、その記者たちが注目した。インターホンから男性の声で返事がある。

「はい」

「警視庁の黒田と谷口です」

その言葉に記者たちが反応する。

インターホンからの声がこたえた。

「どうぞ、お入りください」

玄関に進もうとすると、記者が声をかけてきた。

「警視庁の方ですか？　何かあったんですか」

黒田は何もこたえずに玄関のドアを開けた。谷口も無言だった。

二人を出迎えたのは、髪をきちんと刈った、典型的な警察官の風貌をした男だった。

「まあ、どうぞ」

玄関を上がるとすぐに小さな応接セットがあった。そこで記者への応対をするのだろう。課長以上になると、自宅にたいていこうした場所がある。

富田は係長だが、その習慣にならっているのだろうと、谷口は思った。

二人の向かい側に腰を下ろした富田係長は言った。

「継続捜査ですって？　こんな時間にご苦労なことですな」

黒田が言った。

「相模台の住宅街で起きた殺人事件についてうかがいたいのです。刃物で刺された……。行きずりの犯行と見られているようですが……」

富田係長はうなずいた。

「覚えてますよ。十年ほど前の事件ですね」

「正確には十年と半年前です」

「その事件が何か……」

「実は今、町田で起きた事案を洗い直していまして……。そちらの事案と共通点があるように思えるのです」

「ほう……。共通点……」

「もう一つ、座間署管内で起きた事件もありまして、こちらは傷害事件なのですが、やはり刃物を使った行きずりの犯行のようです。これら三件を合わせると、より事情がはっきりしてくるのですが……」

「座間署管内の事案……？」

「座間谷戸山公園で、十二年ほど前に起きた事件です」

「座間谷戸山公園、相模台、そして町田……。小田急線沿線というわけですね」

「そう。そしていずれも刃物が使われています」

「座間署の事件が十二年ほど前、そして、うちの事案が十年半前……」

「その半年後に町田の事件が起きているのです」

富田係長は難しい顔をしている。複数の事件に共通点があることに、もっと早く気づいていれば事件は解決していたかもしれない。そんな思いがあるに違いない。

「それで……」

富田係長が尋ねた。「何をお訊きになりたいのですか？」

黒田は、二枚の似顔絵を取り出した。

「これを見てください。捜査の過程で、このような人物に気づきませんでしたか？」

富田係長はしばらく二つの似顔絵を見つめていた。黒田はその表情を見つめている。

谷口も期待を込めて富田係長を見ていた。

やがて彼は言った。

「いえ、こういう人物に覚えはないですね」

黒田が言った。

「そうですか……」

逆に富田係長が質問した。

「これらの事件が連続殺人および未遂だとお考えですか？」

黒田は慎重な様子でこたえた。

「座間署の事件が十二年前の暮れ、その一年後に相模原南署の事件、その半年後に町田で事件が起きています。もっと規則性があれば、同一犯による連続した事件だと断定していいと思います」

「もっと規則性があれば……？」

「はい。連続殺人犯には、顕著な規則性が見られる傾向があります」

富田係長がそれを聞いて言った。

「もう一件あるんですよ」

「もう一件？」

「相模台の事件の半年前に。やはりうちの管内の林間公園で刃物による傷害事件が起きています」

黒田と谷口は顔を見合わせた。

「そう」

富田係長が言った。「その事案を加えると四件。その四件は六ヵ月ごとに起きていることになります」

21

鳩村は副調でモニターを見つめていた。

『ニュースイレブン』のオンエアは問題なく進行している。鳥飼は、特別なコメントを出すわけではなかった。だが、明らかに以前とは違うと、鳩村は感じていた。

まず目力が違う。すべての報道に関して前向きな意欲を感じる。それはおそらく視聴者にも伝わるはずだと、鳩村は思った。

隣には栃本がいた。彼もモニターを見ている。

「鳥飼さん、気合い入ってますな」

やはり栃本にもわかるのだ。

「そうだな」

「考えてみるって言わはったけど、これがこたえやね」

「これがこたえ……？」

「あないにやる気満々の人が辞めるわけあらへん」

なるほどそうだな、と鳩村は思った。

あんなに気に入らなかった栃本が、今は頼もしく感じられる。

栃本のせいで『ニュースイレブン』が変わることなど、あってはならないと思っていた。引っかき回されてたまるかと考えていたのだ。

だが、今はおおいに刺激を受けたいと感じていた。

ほんの少しのことで、考えががらりと変わることがある。人間というのは、なんと微妙で勝手なのだろうと思う。

一貫した考えというのは必要だ。それはポリシーと呼ばれたりする。だが、それにあまりに固執するのは危険だ。変化に対応できなくなる。

特に、過去に自分が作り上げたものに固執するのはよくない。鳩村は、自分がそういう状態だったことに気づき、反省したのだ。

憑き物が落ちたような気分だった。自分で自分を縛っていたのだ。その呪縛を取り払ってみると、栃本への反感も消え失せていた。

エンドロールが流れ、鳥飼が「では、また明日」と締めくくった。

「お疲れさん」

鳩村は副調のスタッフたちに声をかけて、報道フロアに戻った。栃本がついてくる。

大テーブルで待っていると、鳥飼と恵理子がスタジオから戻ってきた。

鳩村が声をかけると、一昨日とは打って変わって、鳥飼が笑顔を見せた。彼も憑き物が落ちたような表情だ。

鳥飼が栃本に言った。

「番組の間、いろいろと考えた。結論を伝えたい」

「聞かんでもわかってます」

「いや、はっきり言っておきたい。キャスターは止めだ」

「何ですて……」

鳩村も驚いていた。栃本が何か言おうとする。それを制して、鳥飼が言った。

「今までのような単なるキャスターは止めだ。俺はアンカーとしての自覚を持つことにする」

「なんや……」

栃本が大げさに吐息を洩らす。「びっくりしたわ」

鳩村が鳥飼に言った。

「それは、俺としても大歓迎ですよ」

恵理子が言った。

「あら、私も負けてないわよ」

「ふん」

鳥飼が恵理子に笑顔を向ける。「まだまだ俺には及ばないよ」

栃本が言う。

「まあ、視聴率のかなりの部分を香山さんの美脚で稼いでいることは確かやけどね」

こういうことを本人の前で言えるのも、栃本の強みだと、鳩村は思った。

鳥飼がやや表情を引き締めて言った。

「アンカーとして、詳しく知っておきたいことがある」

鳩村は尋ねた。

「何です?」

「町田の件と類似の事件についてだ。詳しく教えてくれ」

鳩村は、恵理子に言った。

「説明してくれ。俺もこれまでは本気で聞いていなかったので、改めて聞きたい」

恵理子はメモも見ずに説明を始めた。事件の概要がすべて頭に入っているのだ。それだけ入れ込んでいるということだろう。

鳩村は、真剣に耳を傾けた。

類似の事件が三件。その最初は、座間谷戸山公園内で起きた。次は、相模原市の林間公園内で起きた事件だ。

この二件の被害者は生存しており、傷害事件との見方もあるが、警察は殺人未遂事件として捜査したのだという。

その次が小田急相模原駅近くの住宅街で起きた事件だ。こちらは殺人事件だった。

そして、町田の事件が起きた。

恵理子は最後に、凶器が一致していないことや、担当した警察署が異なっていて、なおかつ、事件が東京と神奈川にまたがっていることなどが影響して、これらは連続した事件とは見なされなかったことを説明した。

話を聞き終えると、鳥飼が言った。

「凶器が一致していないと言っても、刃物という共通点があるじゃないか」

恵理子はうなずいた。

「私もそう思います。連続した犯罪はエスカレートする傾向があります。刃物もグレードアップしていったのかもしれません」

「事件は、小田急線に沿って起きているんだな？」

「はい」

「町田事件を含めて四つの事件だが、起きた時期は？」

恵理子は、よく訊いてくれたと言うように、鳥飼を見つめてこたえた。

「座間谷戸山公園の事件が起きたのが十二年前の暮れ、正確には十一年半前。林間公園の事件がその半年後に起きています。そして、その半年後に小田急相模原駅そばの住宅街の事件。さらにその半年後に、町田の事件が起きました」

　鳥飼が目を丸くして言った。

「半年ごとに起きている。はっきりした周期があるじゃないか……」

「そうです。これは明らかにシリアルマーダー、つまり連続殺人の特徴です」

「警察はそれを見逃していたということか？」

「そやろね」

　栃本が言った。「警察はむっちゃ忙しいところやからね。管轄がまたがったり、まして県境を越えたら、訳わからんようになるんとちゃう？」

「日本の警察はもっと優秀だと思っていたがな……」

　その鳥飼の言葉に、恵理子がこたえた。

「間違いなく優秀ですよ。でも、ときにはミスや見逃しもある」

　鳥飼が何事か考えながら言った。

「布施は、このことに気づいていたんだろうか」

　恵理子が言った。

「自分では否定していましたけどね」

　それを受けて、栃本が言う。

「ああいう記者は、独特の嗅覚を持ってるんや。本人は気づいてへんかもしれへんけどね」

　鳩村は言った。

「たまたまじゃないのか」

　鳥飼が言う。

「デスクの布施に対する評価は、いつも辛いな」

「本人も言ってましたよ。町田の件だって、被害者の両親のビラ配りに関心を持っただけだって……」

　栃本が言う。

「それが嗅覚っちゅうやつや」

　鳥飼が恵理子に尋ねた。

「これからどうする？」

「座間谷戸山公園と林間公園の事件の被害者を捜しています。記者たちに当たっているんですけど……」

「十年以上も前の事件の被害者となると、なかなか見つからないかもしれないな」

　鳩村は、あれこれ考えてから言った。

「香山君が個人的に調べるには限界がある。本格的に記者やスタッフを動かして調べてみよう」

「警察が先に話を聞きに行くかもしれへんね」

鳩村は怪訝な思いで栃本を見た。

「警察は連続殺傷事件とは考えていないんだろう?」

「それは過去の話や。布施さんは、あの店で、黒田さんちゅう刑事と接触してんのやろう」

鳥飼が鳩村に言った。

「黒田って、確か特命捜査対策室で継続捜査を担当している刑事だったな」

「ええ、そうです」

「布施はその刑事から情報を引き出しているということか?」

それに対して栃本が言った。

「……ちゅうか、布施さんがうまいこと、黒田刑事を動かしてるんかもしれまへんな」

鳥飼が眉をひそめる。

「布施が黒田刑事を動かしている……? どういうことだ?」

「刑事は猟犬みたいなもんやさかい、獲物を見つければ走り出すやろ。猟師はそれを追っかけるわけや」

「黒田刑事が猟犬で、布施が猟師ってわけか」

「せやね」

鳥飼が鳩村に尋ねた。

「どう思う？」

鳩村は肩をすくめた。

「刑事が記者の思い通りに動くなんて、考えられませんね。いずれにしろ我々は、独自に取材と調査を進めるしかないでしょう。布施は放っておきましょう」

鳥飼がにっと笑った。

「布施には負けたくないというわけだな？」

「勝ち負けの問題じゃありません。バックアップ態勢を取るべきだと言ったのは、鳥飼さんでしょう」

鳥飼は立ち上がった。

「町田の事件は、化けるかもしれない」

「化ける」というのは、誰も注目しなかったような話題が、突然クローズアップされてニュースバリューが跳ね上がるような場合に使う言葉だ。

芸能人が突然売れっ子になったり、新人作家が大ヒットを飛ばすような場合にも使われる。

鳩村はこたえた。

「どうですかね……」

「俺の嗅覚も信じてくれよ」

　鳥飼は歩き去った。

　恵理子が言う。

「被害者の件は、本格的に調査してくれるということね？」

「ああ。やってみよう」

「何かわかったら、すぐに知らせてほしいわ」

　鳩村はうなずいた。

「わかっている」


「林間公園の事件は、傷害事件と言いましたが、我々は殺人未遂として捜査していました」

　相模原南署の富田係長が言った。それに対して、黒田が尋ねた。

「被害者は？」

「連絡先はわかりますが、今も連絡が取れるかどうかわかりません」

「殺人未遂でも公訴時効は最大で二十五年あります。継続捜査をされているのでしょう？」

「細々とね。誰かが兼任でやっているはずです」

継続捜査の扱いなど、どこでもこんなものだ。谷口はそう思った。

重要な事案を扱っている割には、あまり重要視されないのだ。

「その担当者なら、今でも被害者と連絡が取れるはずですね」

「ええ。そのはずですが……」

「その担当者の方を教えていただけませんか？」

「明日、連絡させます」

「できるだけ早く知りたいのです」

「気持ちはわかりますよ。私も刑事ですからね。しかし、同時に管理職でもある。緊急の場合でなければ、できるだけ部下を休ませてやりたいと思うのです」

黒田が食い下がる。

「我々にとっては緊急時なんですがね……」

「今日連絡を取らなければ、その被害者がいなくなる、というわけでもないでしょう」

「それはそうですが……」

「強行犯係の部下たちは、常にもっと緊急度の高い事案を抱えているんです。実際、明日は夜明けと同時にウチコミです」

ウチコミというのは、家宅捜索のことだ。ガサ入れとも言う。

つまり、富田係長も夜明け前に出勤ということだ。

黒田は渋い顔で言った。

「そんなときにお邪魔して申し訳ありません……」

「刑事はいつでもこんなものでしょう」

これ以上粘れる雰囲気ではなくなった。黒田が言った。

「では、連絡をお待ちしています。明日ですね」

「ええ。ウチコミが終わったら……」

黒田が礼を言って立ち上がった。谷口も慌てて腰を上げた。

係長宅を出ると、再び記者たちに囲まれた。黒田は無言のまま彼らを振り切った。谷口も顔を伏せたまま、黒田にぴたりとついていった。

富田係長の家から離れると、黒田が言った。

「カイシャに戻るぞ」

谷口にも異存はなかった。すでに深夜だが、そんなことは気にならなかった。

黒田が言ったとおり、刑事に時間など関係ないのだと思った。

継続捜査は霧の中を運転しているようなものだと、黒田は言った。そして、霧の中に何があるのか予測することが必要だ、と。

今、ようやく霧の中にぼんやりと事件の影が見えてきた。谷口はそれを実感していた。色あせた過去の出来事が組み合わさって、新たな絵を浮かび上がらせる。

それこそが継続捜査の醍醐味だ。谷口は今、それを味わっている。

黒田の下についた当初、谷口は外れくじを引いたと思っていた。愛想は悪そうだし、人使いが荒そうだった。

実際にそのとおりで、暗澹たる気持ちになったものだ。だが、そのうちにわかってきた。黒田はただ人使いが荒いだけではなく、仕事熱心なのだ。

谷口にやる気がない間は辛かった。だが、少しやる気が出てくると、黒田といることが、それほど嫌ではなくなった。

やる気を出せば出すほど、黒田はいい手本だということが理解できてきた。こちらの要求度や気の持ちようで、環境は変わるのだと、谷口は思った。


警視庁本部庁舎に戻ったときには、すでに日付が変わっていた。

席に戻ると、黒田が言った。

「座間署のほうの担当者と連絡を取ってみてくれ。被害者のことを知りたい」

「はい……」

谷口は一瞬躊躇した。その戸惑いを見て取ったのだろう。黒田が言った。

「警察官に時間なんて関係ないと言っただろう。夜中に電話したって文句を言うやつはいない」

「県警本部にいる警部ですよ。本部の刑事総務課といえば、日勤の事務職でしょう」

「だから、そんなことは気にしなくていいんだよ。怒鳴られたら、任務を遂行しているだけだと言ってやれ」

谷口は、先ほど教えてもらった連絡先にかけてみた。携帯電話の番号だ。名前は高島弘治だった。

呼び出し音は鳴るが、なかなか出ない。十回以上鳴らしてようやく相手が出た。

「はい、高島……」

明らかに寝ていた声と口調だ。

谷口は官姓名を名乗ってから言った。

「十二年前の暮れに起きた事件について、教えていただきたいことがありまして……」

不機嫌そうな声で、高島が言った。

「十二年前だって……？　なんだってこんな時間に……」

「申し訳ありません。しかし、ちょっと進展がありそうなので……」

「進展……？　君は警視庁の継続捜査担当だと言ったね？」

「はい」

「それが、どうして座間署の事案を捜査しているんだ？」

「町田で起きた事件と関連がある可能性が出てきたのです」

「明日まで待てないのか……」

「座間谷戸山公園で起きた傷害事件です。刃物で刺された……。覚えていらっしゃいますか？」

「ああ、その事案ならよく覚えている。傷害事件と言ったが、我々はあくまで殺人未遂と考えている」

たしか相模原南署の富田係長も同様のことを言っていた。殺意があったかどうかを見極めるのは難しい。だが、捜査員は殺人未遂と考えたがる。

「その被害者と連絡を取りたいのですが……」

「だから、明日まで待てないのかと訊いているんだ」

「できるだけ早く知りたいので……」

しばらく間があった。明日、またかけ直せと言われるだろう。谷口はそう思っていた。

やがて、高島の声が聞こえてきた。

「未解決事件というのは、捜査員のプライドを傷つける」

「はい」

「進展がありそうだと言ったな？」

「ええ。そう考えています」

「あの事件が解決できるということか？」

「その可能性はおおいにあります。我々は解決できると信じて捜査を進めております」

「容疑者等の情報を、こちらにももらえるか？」

「当然、情報提供はします」

「わかった。ちょっと待ってくれ」

ごそごそと起き出す音が聞こえた。寝床で話をしていたのだろう。

しばらく待たされた。

高島もやはり警察官だと、谷口は思った。こんな時間に電話をしても相手をしてくれた。そして今、被害者についての情報を教えてくれようとしている。

自分が手がけた事件が解決するかもしれないと聞くと、無視はできないのだ。

「被害者の名前は、渡辺弘（わたなべひろし）。事件当時二十歳だった」

「連絡先は？」

「自宅の電話番号がわかっている。事件当時は両親と同居していた」

彼は座間市内の住所と電話番号を教えてくれた。

「他に事件について何か覚えておられることはありますか？」

「ほとんどないね。なにせ、行きずりの殺人未遂として捜査し、何もかもが空振りだったんだ」

「その後、相模原市内で同様の事件が起きたのですが、それとの関連は考えませんでしたか？」

「相模原市内の事件……？」

「ええ。座間谷戸山公園の事件の約半年後に起きました。刃物による事件です」

「君らが担当したとして、半年経てばどうなる？」

「そうですね……。担当者は二名ほどになり、しかも他の件とのかけ持ちということになるでしょう」

「そう。つまり、類似の事件があったとしても関連を考えるような環境ではないということだ」

「わかりました。夜分に申し訳ありませんでした。参考になりました」

「いいか。情報を寄こせよ」

電話が切れた。

22

時計を見ると、午前零時二十分だ。だが谷口は、今教わった電話番号にかけてみることにした。固定電話の番号だった。

呼び出し音が続く。十五回目に相手が出た。年配の女性の声だ。

「はい……」

「夜分に恐れ入ります。警視庁の谷口といいます」

相手は訝(いぶか)るような声になる。

「警視庁……?」

「はい。十二年ほど前に渡辺弘さんが被害にあわれた事件についてうかがいたいのですが……」

「弘ですか……」

相手の声が沈んだ。「昨年、他界いたしましたが……」

「え……」

谷口は驚いた。「お亡くなりに……」

「ええ。病死です。血液の癌でした」

「それは……」

谷口は困惑した。「どうも、お気の毒です」

「もう、よろしいでしょうか」

「弘さんが事件について何か話されたことはありませんでしたか」

「事件については忘れたいと申しておりました。それだけです」

「そうですか……」

これ以上は訊けそうにない雰囲気だった。谷口は、礼と詫びを言って電話を切った。

黒田が谷口に尋ねた。

「亡くなっていたって、誰が？」

「被害者です。渡辺弘、事件当時二十歳だったということですが、昨年、血液の癌で亡くなったと……」

黒田は、難しい顔で溜め息をついた。

「じゃあ、明日の相模原南署からの連絡が頼みの綱だな」

「そういうことですね」

「凶器はどうなんだ？」

「詳しい報告が、明日、座間署と相模原南署から上がることになっています」

「すべては明日か……」

黒田は、二枚の似顔絵を取り出して机の上に並べた。どちらも右目の下にホクロがある。それが容疑者の特徴とも言える。

谷口はその似顔絵を見て言った。

「似顔絵をマスコミに公開しなくてよかったですね。もし、同一犯だとしたら、きわめて用心深いやつでしょうから……」

黒田がうなずいた。

「そうだな。捜査の手が自分に近づいていると知ったら、証拠湮滅や逃走の恐れがある。できれば、そっと近づいていって、一気に身柄を取りたい」

「そのためには、何者でどこにいるかを突きとめないと……」

黒田は時計を見た。

「被害者の情報も、事件の詳報も明日にならないとわからない。待つしかないだろう」

「何かできないでしょうか」

黒田がふっと笑って谷口を見た。そんなふうに見られたことがなかったので、谷口は驚いて言った。

「何です？　自分は変なことを言いましたか？」

「ずいぶん変わったもんだと思ってな」

「変わった？　自分が、ですか？」

「そうだ。以前のおまえなら、一刻も早く帰りたがっただろう」

　言われて谷口も気づいた。

　たしかに自分はやる気がなかった。決められたことだけやれば、あとはプライベートな時間だと考えていた。

　今は少しでも事件に関わっていたいと思う。

「はあ……。不思議だと、自分でも思います」

「おまえも少しは、刑事らしくなったということかな」

「少しですか」

「そうだ。まだまだだよ。さて、そういうことで、今日は引きあげるぞ」

「帰るんですか？」

「攻めどきと引きどきがあるんだ。明日からは攻める。今日は英気を養っておくんだ」

「わかりました」

　谷口と黒田は帰宅した。

　当番日の翌日で非番だったが、鳩村は午前中から局に出てみた。

もしかしたら布施がいるかもしれないという思いがあった。

妙な話だと、鳩村は思う。

自分は上司なのだ。布施に会いたければ電話をして呼び出せばいいだけのことだ。だが、どうも気が引けた。

町田の件を調べることにずっと反対してきたのだ。今さら「どうなっている」とは訊きづらい。

報道フロアに来てみると、栃本がいた。

「おや、デスク。早いですね」

「そういう君もな」

「記者さんから、知らせがありましてな。生存していた被害者の一人の消息がわかったんやけど……」

「わかったんだけど、何だ？」

「亡くなってはったんや」

「亡くなっていた……」

「そう。去年、病死してた」

「生き残った被害者は、もう一人いたはずだな？」

「そっちは行方がわからんようになってしもてる」

「行方がわからない？」

「事件の後、引っ越したようなんや。まあ、気持ちはわからんこともない。恐ろしい目におうたんやから、別のところで暮らしたいと思うのは人情でしょ」

「警察は把握しているはずだな」

「どうやろうね。事件から十一年が経過してるんやから……」

「記者に当たらせよう」

鳩村は番記者を統括している社会部デスクに内線電話をかけた。寺井茂太という名で、鳩村と同期入社だ。

　事情を告げると、寺井は言った。

「十一年前の事件だって？　それは何の冗談だ？」

「詳しくは説明できないけど、化けるかもしれないネタなんだ」

「こっちは日々大忙しなんだよ」

「番記者は無理でも遊軍を動かせないか？」

「おまえのところにも記者はいるじゃないか。スクープを飛ばしている立派な記者が……」

　皮肉なニュアンスが感じられる。

「布施も動いてはいる。だが、一人では限界がある」

「そっちで取り上げるネタだろう。社会部に振るなよ」

「『ニュースイレブン』がどうの、社会部がどうのという問題じゃない。TBN報道局全体の問題だ」

無言の間があった。やがて、寺井は言った。

「神奈川県警の相模原南署だって？」

「そうだ」

「面倒な話だ」

「スクープになるかもしれない」

「どういうスクープだ？」

鳩村は迷った。ここで社会部に洩らしたら、『ニュースイレブン』のスクープにはならない。だが、すでに鳩村たちだけでは限界であることも事実だ。

鳩村は言った。

「十年前、町田で大学生が刺殺される事件があった。行きずりの殺人だと思われていたが、連続殺傷事件の可能性が出てきた」

「相模原南署の事件もその一つだということか？」

「その可能性がある。合計で四件の類似の事件があった。それらは六ヵ月の周期で起きている。生存していた被害者は二人。そのうちの一人は昨年病死していたことがわかった」

「残りの一人を捜しているというわけか」

「事件の後、引っ越したらしい。警察なら連絡先を把握しているかもしれない」

「わかった。だが、あまり期待はするな」

電話が切れた。

受話器を置いた鳩村は、栃本がじっと自分のほうを見ているのに気づいた。ぺらぺらと情報をしゃべったことを非難しているのかと思った。

「誰だって、無条件では協力してくれない」

「わかってます」

「何か言いたいことがあるんじゃないのか?」

「デスクがようやく本気になってくれはったと思て」

恵理子が報道フロアに姿を見せた。大テーブルに近づいてくる。

「あら、デスク……」

「取材に出るわけでもないのに、どうした?」

「調べることはたくさんあるわ。四つの事件について、現場の地理をしっかりと把握しておきたいし、番組で取り上げるとなれば、それなりの切り口も必要でしょう」

栃本が言う。

「それはアンカーパーソンの考えることや」

「だから、言ったでしょう。私も鳥飼さんには負けてないって」

「あれえ、こんな時間にみんながいるなんて……」

間の抜けた声がした。布施だった。

しまりのない恰好で近づいてくる。二日酔いかもしれない。

鳩村は言った。

「おまえがこんな時間から活動しているなんてな……」

「心外だなあ。俺、けっこう働き者なんですよ」

栃本が言った。

「布施さんも、じっとしてられへんのやろな。つまり、大詰めちゅうこっちゃ」

鳩村は布施に尋ねた。

「そうなのか？」

「大詰めって、何の話ですか？」

「連続殺傷事件だ。町田の事件はその中の一つなんだろう」

恵理子が布施に言った。

「だから類似の事件を探せって、私に言ったのね？」

布施はけだるそうに椅子に腰を下ろした。

「俺としては、瓢簞から駒って心境なんですけどね……」

「言うてますやろ。それが嗅覚っちゅうもんや」

たしかにそういうことはあるのかもしれない。だが、報道マンはそんなものに頼るわけにはいかないのだ。

鳩村は言った。

「社会部のデスクに、事情を説明した。連続殺傷事件ともなれば、我々だけの手には負えない。だから、布施のスクープというわけにはいかなくなった」

布施は肩をすくめた。

「俺、そんなこと、まったく気にしてませんから……。事件の真相がわかって、犯人が捕まればそれでいいです」

本当に気にしていない様子だから不思議だ。布施からは、およそ欲というものが感じられない。

栃本が尋ねた。

「黒田さんたちは、どんな様子です？」

「たぶん、座間署や相模原南署と連絡を取ったと思うよ」

鳩村が言った。

「そういうときは、張り付くんだよ。記者の基本じゃないか」

「張り付いたところで、何も教えてくれませんよ。無駄なことはやりたくないんですよねえ」

「記者は、無理無駄をやってナンボだぞ」

「へえ、そうなんですか」

「おまえ、何年記者をやってるんだよ」

栃本が言う。

「布施さんは、張り付くよりも効率的な高等技術を使ってるんや」

「高等技術？」

鳩村は言った。「黒田さんたちを動かしているって話か？」

「そうですわ」

「そんなことができれば苦労ないって……」

栃本が布施に尋ねた。

「黒田さんたちが、座間署や相模原南署と連絡を取るって、どないしてわかりましたん？」

「昨夜、『かめ吉』で黒田さんたちと話をしたんだ」

鳩村は尋ねた。

「どんな話だ」

「座間署と相模原南署も、未解決の殺傷事件を抱えているって話」

「ほらね」

栃本が言った。「そうやって布施さんは、黒田さんたちをうまいこと動かしてるんや」

布施が言った。

「その場に東都新聞の持田がいたんで、相模原南署や座間署に伝手はないか尋ねたんです。本当に誰か紹介してほしかったんで……。それで、成り行きで黒田さんたちに、未解決事件のことを話すことになって……」

どこまでが本音なのかわからない。鳩村は言った。

「そっちは、社会部がやる」

「そっち？」

「座間署や相模原南署だ。おまえが飛び込みで行ったってたいしたことは聞き出せないだろう」

「社会部か。そりゃ心強いですね」

恵理子が布施に言った。

「他に、私たちにできることは何かないの？」

「容疑者を見つけますか……」

布施が冗談のような口調で言った。

もちろん冗談だろうと、鳩村は思った。容疑者については警察は一切発表していない。布施が知っているはずがないと思ったのだ。

恵理子が真剣な顔で尋ねる。

「どうやって……?」

「いまだに事件に関わっている人は、容疑者と見ていいですよね」

鳩村は言った。

「関わり方にもよるだろう」

「殺害現場に花を供えた人がいます。事件当時じゃなくて、最近の話です。町田駅近くにあるジャズ喫茶のマスターがそれを目撃しています」

布施の言葉に鳩村はかぶりを振った。

「それは容疑者じゃなくて、被害者と親しかった人じゃないのか?」

「そうかもしれないし、そうでないかもしれない。事件に対して今でも何かのアクションを起こす人は疑うべきだと思うんです」

恵理子が尋ねた。

「捜すにしても、人相がわからない」

「だいたいわかっています。俺、そのマスターから聞いたから……」

栃本がうなる。

「さすがやね……」

「痩せ型で髪は長め。年齢は三十歳くらいだということです」

　鳩村は言った。

「そんな人物はいくらでもいる。捜しようがない」

「右の目の下にホクロがあったと、マスターが言っていました」

「ホクロだけじゃたいした特徴とは言えない」

「警察は、その人物のことを公開していないので、本人は疑われていることを知らないでしょう。だから、また現場に姿を見せる可能性があります」

　鳩村は尋ねた。

「そのマスターが見かけたというのは、いつのことなんだ？」

「一週間ほど前だったと言っていました」

　栃木が言う。

「ほんまに最近のことなんやね」

「そうです」

　恵理子が首を傾げて言う。

「わからないことがあるの」

　布施が聞き返す。

「何でしょう？」

「犯人は、どうして四件だけで犯行を止めたのかしら」

鳩村は恵理子に尋ねた。

「どういうことだ？」

「連続殺人犯は、衝動を抑えられなくなるはずよ。だから、犯行に周期があるの」

栃本が言う。

「巧妙に犯行を隠しているんとちゃうやろか」

それに対して布施が言った。

「町田事件の後も半年ごとに犯行を繰り返したとしたら、必ず発覚するはずです。町田の事件の後は、共通した事件は見つかっていないんです。香山さんが言うとおり、犯行を止めたと見るべきでしょうね」

恵理子がさらに言う。

「それはなぜなのかしら」

布施が肩をすくめる。

「犯人を見つければ、その理由もわかるかもしれない」

「よっしゃ。私は町田に出かけることにする」

栃本が言った。するると布施も言った。

「俺も行きますよ。栃本さん、土地鑑ないでしょう」

「私も行きたいけど……」

恵理子が言ったので、鳩村は釘を刺した。

「フィールドワークはだめだよ」

「わかってるわ。私は局で情報を集めることにする」

「じゃあ、俺たちは町田へ行きます」

布施が立ち上がった。

「ほな、行こか」

栃本がそれに続く。

この二人はどうも緊張感に欠ける。任せておいてだいじょうぶだろうか。

鳩村はそんなことを考えていた。

23

朝一番で、谷口は相模原南署に向かっていた。黒田は座間署に行っているはずだ。二人は手分けして、それぞれの署がそろえてくれた捜査資料を調べに出向いたのだ。

捜査資料は基本的に持ち出し禁止だ。こちらから足を運んで見せてもらうしかない。

資料を手渡してくれた捜査員が物珍しげに言う。

「継続捜査を、こんなに熱心にやるなんてねえ……」

谷口はこたえた。

「もしかしたら、大きな動きがありそうなんです」

「それ、解決の目処（めど）が立ったってこと？」

「そうかもしれません」

「そうなれば、うちとしても黙っていられないね。事情を話してもらわないと……」

別に秘密にする必要はない。谷口は、町田の事件と、その他三件の関わりについて説明した。

相手は話を聞き終わると言った。

「進展があったら、必ず連絡をくれよ」

「わかっています」

谷口は、空いている席を使うように言われ、そこで資料を調べはじめた。必要なことはノートにメモを取っていく。

林間公園の事件と、相模台の住宅街で起きた事件。その二件の資料をつぶさに見る。生存している林間公園事件の被害者の名前は、葦野達明。当時二十二歳だった。行きずりの犯行と考えられていた。他の三件と同様だ。

いずれの事件でも凶器は発見されていないが、両方とも刃物であることは明らかだ。林間公園のほうは比較的細身の刃物で、鑑識では果物ナイフのようなものだろうと言っている。

住宅街の事件で使用されたのは、傷から見て両刃の刃物だそうだ。おそらくダガーと呼ばれるナイフだろうということだ。

谷口は、仔細に資料を読み、メモを取っていった。午前十時にその作業を終えて先ほどの捜査員に礼を言った。

「これからどうするんだ？」

そう尋ねられて谷口はこたえた。

「林間公園の事件の被害者を捜してみます。まず、事件当時に住んでいたアパートに行ってみますよ。たぶん、もう引っ越しているでしょうが……」

相手の捜査員は、ふと思案顔になって言った。

「その被害者の所在なら、うちで継続捜査をやっているやつが知っているかもしれない」

「所轄で継続捜査をやっているんですか？」

「被害者やご遺族がいるんだ。所轄でも捜査を続けなきゃな……」

「その担当者に会わせてもらえますか？」

「ちょっと待ってくれ」

その捜査員は、携帯電話を取り出して連絡を取った。

「すぐに来るそうだ」

その言葉どおり、担当者はすぐにやってきた。まだ若い捜査員だ。

「どうも、北川（きたがわ）といいます」

「谷口です。十一年前の林間公園の事件のことで……」

「被害者の方に話を聞きたいのだとか……」

「はい。所在を知りたいのです」

「東京に引っ越されましたよ。最寄りの駅は狛江（こまえ）です」

「狛江……」

「この時間なら、職場のほうが捕まるかもしれません。新宿副都心にある保険会社に勤めています」

谷口は、その会社名と所在地、そして、被害者の住所を聞き、礼を言った。すると、北川が言った。

「犯人がわかりそうなんですか？」

谷口は言っていいかどうか迷った。そして、言うことにした。

「目星はついています」

「必ず知らせてください」

「わかっています」

谷口は、相模原南署をあとにした。


黒田と連絡を取り合い、新宿駅西口近くにある保険会社の前で待ち合わせをした。

午前十一時半に谷口と黒田は落ち合った。黒田が言った。

「よく所在がわかったな」

「相模原南署にも地道に継続捜査をやっている捜査員がいました」

「ふん。捨てたもんじゃねえな。さっそく訪ねてみよう」

二人は会社の受付へ行き、警察手帳を提示した。黒田が、葦野達明に会いたいと言うと、受付嬢は内線電話で連絡を取り、すぐに来るので、ロビーの椅子で待つようにと言った。

五分ほどで、ワイシャツにネクタイ姿の男性がやってきた。三十代前半のようだ。

「葦野です」

彼は不安げだった。「何のご用でしょう?」

「十一年前の、林間公園での事件のことです」

「ああ……」

葦野は顔をしかめた。「思い出したくもありませんね。いまだに悪夢を見ます」

「犯人を見ましたか?」

「よく覚えていません」

黒田は二枚の似顔絵を出して、葦野に見せた。

「この絵を見て、何か思い出しませんか」

葦野は二枚の絵を手に取って交互に眺めた。やがて、はっとした表情になる。

黒田が尋ねる。

「何か思い出しましたか?」

「ホクロです。たしかに犯人にはホクロがありました。この絵を見て思い出しました」

「他に何か覚えていませんか？」

　葦野はしばらく考えてからかぶりを振った。

「いや、他には特に……」

「犯人はこの似顔絵の男と考えて間違いないのですね」

「この男だと思います」

「そうですか。ありがとうございます。ご協力に感謝します」

　黒田が似顔絵を受け取り、それを内ポケットにしまう。

　葦野が尋ねた。

「犯人が誰かわかったということですね？」

　黒田がこたえる。

「まだ特定できたわけではありません。でも時間の問題だと思います」

「必ず捕まえてください」

　その眼に強い光があった。黒田はうなずいた。

「任せてください」

　保険会社を出ると、谷口は黒田に尋ねた。

「これからどうします？」

黒田は周囲を見回してから、小声で尋ねた。

「葦野が刺された凶器は？」

「細身の刃物だということです。鑑識では果物ナイフのようなものだろうと……」

「相模台の住宅街で起きた事件の凶器は？」

「両刃の刃物。おそらくダガーだろうということです」

「座間署の件の凶器は、たぶん文化包丁だろうということだ」

「同一犯だとしたら、凶器が徐々に殺人に適したものにエスカレートしていますね」

「間違いなく同一犯だよ。葦野の証言からも明らかだ」

「ダガーの次はサバイバルナイフを使ったということですね」

町田事件の凶器はサバイバルナイフと見られている。

「俺はいったん、本部に戻って係長に報告する。これだけ事実関係が固まれば、殺人犯捜査係が動いてくれるだろう」

「自分らの事案じゃなくなるということですか？」

「そうかもしれない。だが、最後まで付き合わせてもらう」

「はい」

「おまえは、町田へ行け。ホクロの男を捜すんだ」

「了解しました」

谷口は二枚の似顔絵を預かってから新宿駅で黒田と別れ、再び小田急線の下り列車に乗り、町田に向かった。

町田駅では、今日も福原亮助の両親がビラ配りをしている。谷口は、こそこそ隠れたりせずにちゃんと挨拶をしようと思った。

父親の福原一彦が反射的に谷口にビラを渡す。谷口は言った。

「あの……、ごくろうさまです」

一彦は驚いたように谷口の顔を見て言った。

「ああ、刑事さん……」

「必ず犯人を捕まえますから……」

一彦はまったく期待していない様子で言う。

「ありがとうございます」

そのとき、谷口はふと思いついて言った。

「これを見ていただけますか？」

谷口は、二枚の似顔絵を取り出した。一彦はそれを受け取り、両方を見た。近づいてきて谷口に挨拶をした妻の祥子にそれを見せて、一彦が言った。

「これ、井方(いかた)君じゃないか？」

祥子が似顔絵を手にとって見つめる。

「そうね。ホクロがあるし……」

谷口は、つとめて冷静を保つようにして尋ねた。

「ご存じの方ですか？」

「ああ。しばらくボランティアでビラ配りを手伝ってくれた」

「今でもお会いになることはありますか？」

「そうだね……。たまに通りかかったときに声を掛け合ったりはするね」

「フルネームをご存じですか？」

「たしか、井方伸男だ。井戸の井に方角の方。伸び縮みの伸びるに男だ」

「どこにお住まいかわかりますか？」

一彦が怪訝な顔をする。

「井方君がどうかしたのかね？」

「すいません。まだ言えないんです」

「まさか……」

一彦が一瞬、唖然とした顔になってから言った。「井方君が犯人なのか」

「犯人はまだわかっていません。井方さんが何か事情をご存じの可能性があるので、捜
しているのです」

「事情を知っているだって？　彼は私には何も言っていなかった。おかしいじゃないか」

谷口は周囲の通行人のことを気にしながら言った。

「とにかく、警察に任せてください」

「十年だぞ。十年間、警察は何もしなかった」

「何もしなかったわけではありません。こうして捜査をしているのです」

一彦が何か言おうとしたが、祥子に止められた。

「あなた、ここは警察にお任せしましょう。そのための十年だったのでしょう」

一彦は悔しそうに奥歯を食いしばり、足元を見た。

谷口は言った。

「近いうちに必ず決着をつけます。ですから、決して軽はずみなことはしないでください。我々は周到に手を打ちます。それを台なしにしないでください」

一彦は、しばらく無言だった。やがて、うつむいたまま言った。

「わかった……」

谷口はもう一度尋ねた。

「彼がどこに住んでいるかおわかりですか？」

一彦は携帯電話を取り出して、連絡先を表示した。そこには井方伸男の電話番号と住所が記されていた。

町田市原町田五丁目。犯行現場から徒歩で十分圏内だ。

「ありがとうございました」

谷口がその場を去ろうとした。すると、一彦が顔を上げて言った。

「これを終わらせてくれるのですね」

彼はビラの束を握りしめている。

谷口は言った。

「約束します」


谷口は、徒歩で井方伸男の住所に向かった。

その途中、黒田に電話をした。

「どうした？」

「似顔絵の男らしい人物が判明しました」

谷口は氏名と住所を告げた。

「何者だ？」

「ボランティアで福原亮助の両親のビラ配りを手伝ったことがあるんだそうです」

「鑑が濃いな」

「今、彼の住所に向かっています」

「殺人犯捜査係が行く。それまで触るな」

「了解しました」

電話が切れた。

携帯電話をポケットにしまい、角を曲がったとき、谷口は、路地の先に馴染みの顔を見つけた。

「あれ、布施さん……」

「ああ、どうも」

谷口は警戒した。

「どうしてこんなところに……？」

「困ってたんですよ」

「困ってた？　どうしてですか？」

「ホクロの男ですよ」

谷口は、今さらながらマスコミの取材能力に驚いた。だが、それを顔に出すわけにはいかない。

「何のことでしょう」

「ジャズ喫茶のマスターが言っていた男ですよ。事件現場に花を供えていたっていう……。谷口さんも、その人物を捜しているんでしょう」

「見つからないので困っていたっていうこと?」

「そうじゃなくて、このあたりにやってきたはいいけど、派手に聞き込みをやると捜査の妨害になるんじゃないかと思って」

「へえ……。記者がそんなことを気にするなんて意外ですね」

「気にしますよ。俺だって犯人を捕まえてもらいたいですからね」

そこに、関西弁を話す布施の同僚がやってきた。たしか栃本という名だった。

「おや、谷口さんでしたな」

谷口は二人に言った。

「消えてくれませんか。こうやっているだけで人目につくんです」

布施が言った。

「消えてもいいけど、一つ教えてくださいよ。あのホクロの男が被疑者なんですね?」

「ノーコメントです。こっちからも一つだけ質問します」

「何ですか?」

「どうしてこのあたりをうろついているんですか?」

「コンビニを片っ端から当たってみたんです。人相風体を言って、そういう客を見たことはないか、って……。そうしたら、この近くに、それらしい客がいるというコンビニがあって……」

「なるほど……」

「やっぱり、被疑者がこのへんに住んでいるということですよね？」

「ノーコメントだって言ったでしょう」

布施はにっと笑った。

「ありがとうございます」

「何が？」

「否定しないということは、そのとおりだということですよね。じゃあ……」

布施と栃本は、谷口のもとを離れていった。谷口はほっとした。記者たちが煩わしかったというだけではない。これ以上布施と話していると、すべてを教えてしまいたくなりそうだった。

布施にはそういう不思議な力がある。谷口はそんなことを思っていた。

24

昼の十二時四十分に、鳩村の携帯電話が振動した。布施からだった。

「どうした？」

「警視庁の谷口さんが、ホクロの男の身元と所在をつかんだようです」

「ホンボシということか？」

「谷口さんはノーコメントと言いました」

「じゃあ、十中八九間違いないな。捕り物がありそうか？」

「今のところ、谷口さん一人ですね」

「張り付いていろ」

「消えろと言われました」

「まさか、言われたとおりにするわけじゃないだろうな」

「彼の前からは消えますよ。嫌われたくないですからね」

「そんなんで記者がつとまるか」

「あとをつけます。尾行するなとは言われていないんで」

「栃本はいっしょか？」

「いっしょです」

「他社はいるか？」

「いませんよ。継続捜査のことなんて、俺たち以外は気にしていませんからね」

鳩村はごくりと喉を鳴らした。緊張のせいだった。もしかしたら、大スクープになるかもしれない。

「どんな映像でもいい。押さえろ」

「わかってます。これでも記者ですからね」

電話が切れた。

大テーブルにいた恵理子が鳩村の席にやってきた。

「布施ちゃんから？」

「そうだ」

鳩村は今の電話の内容を伝えた。

話を聞き終えると、恵理子も興奮してきた様子だった。

「今夜のオンエアで、被疑者確保の映像を流せるかもしれないわね」

「あせってはいけない。警察ではまだ何も発表していないんだ」

「でも、その可能性はおおいにあるわよね。準備をしておかないと……」

「もし、四件の連続殺傷事件の犯人逮捕となれば、大きなネタだ。下調べをしっかりしておいてくれ」

「わかったわ」

「あとは、布施次第だな……」

「鳥飼さんにも連絡しておきましょうか？」

「それは俺がしておく」

恵理子はうなずいて大テーブルに戻った。

鳩村は鳥飼の携帯電話にかけた。

「デスク、何か動きがあったのか？」

「特命捜査対策室の谷口が、被疑者宅に向かったようです。布施と栃本が張り付いていてい
ます」

「谷口……？　あの若い刑事だな？　一人なのか？」

「今のとこ、一人のようです」

「じゃあ、ホンボシじゃないだろう。刑事が一人で訪ねるとしたら、単なる聞き込みじゃないのか？」

「布施はホンボシだと考えているようです」

鳥飼にはその一言で充分だった。

「香山君は？」

「こちらで下調べをしています」

「今夜のオンエアで流す可能性は？」

「警察の動き次第ですね」

「今日は、あんた非番だよな」

「ええ、そうです」

「できれば、鳩村デスクの当番日にスクープを流したいな」

鳩村は声を落として言った。

「でも、私のせいで、キャスターを降りようとお考えになったのでしょう？」

「そうだな。だが、鳩村デスクじゃなけりゃ、そこまで真剣に考えなかったことも事実だ」

「どういうことです？」

「いつもあんたは、俺を本気にさせるってことだ」

鳩村は言葉に詰まった。何を言っていいかわからなかった。

鳥飼の声が聞こえてきた。

「じゃあ、俺もそろそろ局に出る」

「はい」

電話が切れた。

福原一彦に教えられた住所はアパートだった。谷口は、郵便受けで「井方」の名前を確認した。そしてすぐにアパートを離れ、黒田に電話をした。

「井方伸男の住居を確認しました。アパートの二〇三号室です」

「触るなよ」

「わかっています」

「証拠が足りなくて逮捕状は無理だそうだ。殺人犯捜査係の連中が任意同行を求めに行く」

「黒田さんは？」

「もちろん、俺も行く。待ってろ」

「了解です」

谷口は電話をしまうと、井方の部屋を監視できる場所を探した。ウィークデイの真っ昼間だから、おそらく留守なのではないかと思った。普通なら仕事に出ている。

車がないので、路上で張り込みをするしかない。場合によっては、向かい側の建物の住人に頼み込んで、部屋から監視をすることもある。だが、今は一人なので身動きが取りやすい路上のほうが都合がいい。

谷口はふと、塀の角から布施の顔が覗(のぞ)いたのに気づいた。

尾行してきたか……。

不思議とそれをとがめる気にはならなかった。布施がいなければ、自分たちは井方伸男にたどり着けなかったかもしれない。そんな思いがあった。

谷口は布施から眼をそらして、電柱の陰に立った。そこからアパート二階にある井方の部屋のドアを見張った。黒田たちが来るまでそこにただじっとしているだけだ。

黒田に電話してから三十分ほど経ったころ、突然部屋のドアが開いて、細身の男が出てきた。黒いシャツに黒のジャケット。黒のパンツ。全身黒ずくめだ。

階段を下りてくる。谷口は人相を確認した。前髪が長く顔のかなりの部分が隠れている。だが、ホクロを確認できた。井方伸男本人に間違いない。

彼は部屋にいたのだ。

谷口は即座に黒田に電話をした。

「どうした？」

「井方が動きました。尾行します」

「今、捜査車両二台でそちらに向かっているところだ。あと十五分ほどで町田に着く。

井方はどこに向かっている？」

谷口は尾行しながらこたえた。

「小田急線の駅のほうに向かっていると思います」

「わかった。様子を見ろ。俺たちが行くまで、極力触るな」

「はい」

いったん電話を切った。

やはり井方は、小田急町田駅のほうに向かっているようだ。電車でどこかに出かけるつもりだろう。

谷口が井方を尾行する。その谷口を布施と栃本が尾行してくる。

傍（はた）から見ると滑稽な様子かもしれないが、谷口にとってはもちろんそれどころではない。たった一人での尾行だ。ひどく緊張していた。

駅に近づいてきた。

そのとき、大きな声がした。

「おい、井方君」

福原一彦だった。井方が驚いたように立ち止まる。

「福原さん……」

福原一彦は、井方に詰め寄る。

「君は何か事件のことで、知っていることがあるそうじゃないか」

「何のことです？」

「しらばっくれるんじゃない」

建物の角に隠れてその様子を見ていた谷口は、しまったと思った。

通行人が何事かと二人のほうを見る。立ち止まる者も出はじめた。そのうちに野次馬が集まってくるかもしれない。

応援の黒田たちはまだ来ない。

谷口は黒田に電話をした。

「どうした？」

「井方と福原一彦が町田駅前で接触」

「どういうことだ？」

「福原一彦は、井方を犯人と思っているようです。詰問しています」

「どうしてそういうことになった……」

「自分が、福原一彦に似顔絵を見せましたから……。それで井方の身元と住所がわかったんですが……」

「しょうがねえな……」

「井方が、福原を振り切って逃げ出しそうです。接触します」

「あと五分で着く。何とかしろ」

「了解」

谷口は電話を切ると、井方と一彦に駆け寄った。ちょうど、井方が一彦に背を向けて足早に歩き去ろうとしているところだった。

「ちょっと待ってください」

谷口は井方に声をかけた。井方は立ち止まらない。谷口は駆け足で井方の正面に回り込んだ。

井方はようやく立ち止まった。

「何ですか」

谷口は警察手帳を出した。

「何を揉めていたんです？　ちょっとお話を聞かせてもらえますか？」

井方はふてくされたように、眼をそらした。

「何でもないです。急いでるんで失礼します」

「井方伸男さんですね」

そこに福原一彦と祥子が歩み寄ってきた。一彦が言った。

「刑事さん。やっぱりそいつが犯人なんですか？」

井方が怒りの表情で言った。

「いったい何の話ですか」

谷口は事務的に言った。

「とにかく、話を聞かせてもらいます。警察署までご同行願えますか？」

「任意同行には応じませんよ」

「後で面倒なことになりますよ」

「いったい、何なんだ。俺は通りかかっただけだ。突然、福原さんに声をかけられて、イチャモンつけられたんだよ。俺、被害者じゃないか。冗談じゃないよ」

井方は駅の改札のほうに歩き出そうとした。

「待ってください」

谷口が言ったとき、突然井方は走り出した。谷口はそれを予想していたので慌てなかった。井方を追い、すぐに捕まえた。

井方は暴れた。

くそっ。ここで逃がしたら、懲戒もんだぞ。谷口は夢中で組み付き、気がついたら井方を地面に押さえつけていた。

谷口は肩を叩かれて振り向いた。黒田が立っていた。

四人の男たちが谷口に代わって井方を確保した。捜査一課殺人犯捜査係の連中だろう。

谷口は黒田に言った。

「逃走を図ったので、緊急逮捕しました」

「わかった。身柄は本部に運ぼう」

周囲には野次馬が集まっている。だが、突然の逮捕劇だったので、マスコミの姿はない。

いや、一社だけいた。

谷口は、野次馬の中に布施と栃本がいるのを見つけた。布施は小型のデジタルビデオカメラを手にしていた。

黒田もそれに気づいて布施に近づいた。

「容疑はまだ固まっていない」

黒田は布施に言った。「余計な報道はするなよ」

「わかっています。正式な発表を待ちます」

黒田がうなずき布施のもとを離れた。捜査車両のほうに向かう。谷口は無言でそれについていった。

井方は後部座席に乗せられ、それを挟んで両側に殺人犯捜査係の捜査員が座った。

谷口は黒田といっしょにもう一台の捜査車両の後部座席に乗った。車が走り出すと、黒田がつぶやくように言った。

「無茶しやがって……」

「すいません。でも、井方に逃げられると思って……」

「よくやった」

「え……？」

「聞こえなかったのか。よくやったと言ったんだ」

それきり黒田は本部庁舎に着くまで何もしゃべらなかった。

布施から電話がかかった。鳩村はすぐに出た。

「ホクロの男が緊急逮捕されました」

「緊急逮捕だって？」

「はい。彼と福原一彦さんが町田駅前の路上で言い合いになり、そこに谷口さんが割って入りました。その後、ホクロの男が逃走を試み、捜査員たちが取り押さえました」

「福原一彦……？」

「福原さんに話を聞きました。ホクロの男の名前は、井方伸男……」

「どうしてその人物と福原一彦が言い合いに……？」

「詳しいことは帰ってから報告します」

「緊急逮捕と言ったな？　罪状は？」

「公務執行妨害とかその類でしょう」

「まだ、連続殺傷の容疑は固まっていないということだな？」

「取り調べの結果待ちですね」

「それで、捕り物の画は押さえたのか？」

「もちろん。でも、すぐには使えませんよ」

「警察発表を待つさ。それからでも遅くはない。被疑者確保の決定的瞬間だ」

「映像データ持って帰ります」

電話が切れた。

ちょうどそこに、鳥飼がやってきた。鳩村はデスク席から立ち上がると、鳥飼と恵理子を呼び、二人に報告した。

「ホクロの男が身柄確保されたようです。公妨の緊急逮捕らしいですが、警察は連続殺傷事件について容疑を固める方針でしょう」

そして、鳩村はホクロの男の氏名が井方伸男であることを二人に告げた。

鳥飼が怪訝な顔をした。

「ホクロの男というのが、連続殺傷事件の被疑者なのか？」

布施と栃本が町田に行っていた経緯を、恵理子が鳥飼にかいつまんで説明した。それを聞いた鳥飼が言った。

「身柄確保の画はあるが、容疑が固まるまで流せないか……」

鳩村が言った。

「時間の問題ですよ」

「今日のオンエアでは流せないかもしれない」

「そうですね」

「俺としては月曜のほうがいい」

「なぜです？」

「あんたの当番日だからだ」

　それから鳥飼は、恵理子に言った。

「この連続殺傷事件のニュースは君が担当してくれ」

「でも……」

　恵理子は戸惑いを見せた。「メインキャスターは鳥飼さんでしょう」

「君が布施を信じて、ずっと追っていたネタだからな。アンカーとしての俺の判断だ。君が報じるべきだ」

　恵理子はゆっくりとうなずいた。

「はい。やらせていただきます」

　それから約一時間後に、布施と栃本が戻ってきた。布施が鳩村に言った。

「いつでも流せるように、これから編集作業に入ります」

「その前に詳しい話を聞かせてくれ」

布施が報告を始め、鳩村、鳥飼、恵理子の三人はそれに聴き入った。

25

井方伸男の件を殺人犯捜査係に引き継ぐと、黒田は言った。「次の事案のことを考えなきゃな」

谷口は言った。

「自分はそこまで割り切ることができません。井方が落ちるかどうか気になります」

「慣れることだな。それが特命捜査対策室の仕事だ」

「はあ……」

どうにも報われないような気分だった。


井方伸男が四件の殺傷事件について自白したという知らせを、谷口と黒田が受けたのは、身柄確保の二日後のことだった。

翌月曜日の午前十時に捜査一課の理事官が記者発表をした。

谷口は黒田に言った。

「やりましたね」

黒田は関心なさげに、肩をすくめただけだった。

その夜も帰宅が遅くなり、谷口と黒田は庁内で『ニュースイレブン』を見ていた。

トップニュースは、町田事件を含む四件の連続殺傷事件だった。井方伸男の身柄確保の映像が流れる。

大スクープだった。香山恵理子キャスターが詳しく報道する。どこの局よりも、いや新聞各紙を含めたどこのメディアよりも詳しい報道だったはずだ。

ニュースの終わりに、鳥飼がコメントした。

「今日ごらんいただいた被疑者確保の模様は、当番組のスクープ映像でした。被害者のご両親が町田駅前で、情報提供を求めて十年もの間ビラを配っておられました。当番組の記者がそれに注目したことがスクープのきっかけでした。そして、この逮捕劇は、未解決事件の継続捜査を担当する捜査員たちの堅実な仕事の結果でした。ご両親のビラ配り、そして未解決事件の継続捜査。こうした地道な努力が大切なことを決して忘れてはならないと思います」

谷口はそれを聞いてようやく、報われたという気がした。思わず涙があふれそうになった。

黒田はＣＭが流れはじめたテレビの画面をじっと見つめていた。

谷口と黒田が『かめ吉』で夕食をとっていると、そこに布施が入って来た。彼は一人ではなかった。栃本と香山恵理子がいっしょだ。

布施たちが近づいてくると、黒田が言った。

「おい、美人キャスターの席を空けろ」

黒田の向かい側にいた谷口は慌てて黒田の隣の席に移った。

四人掛けの席だったので、椅子を一つ持ってきてテーブルの脇に置き、そこに布施が座った。

黒田の向かい側が香山恵理子、谷口の正面が栃本だ。

黒田が香山恵理子に言った。

「井方の件のオンエア、見ました。お見事でしたね」

「ありがとうございます」

栃本が言った。

「おや、黒田さんも、人をほめるんやね」

「俺は、香山さんのファンでね」

香山恵理子がほほえむ。

「恐縮です」

彼女は、続けて黒田に言った。「どうしてもわからないことがあるので、教えていただけますか？」

「何でしょう」

「連続殺人犯は、衝動を抑えきれず、定期的に犯行を繰り返すと聞いたことがありますよ」

「そのとおりです」

「井方は、どうして四件で犯行を止めたのでしょう。あるいはまだ余罪があるのでしょうか？」

黒田はおもむろにこたえた。

「こいつは、取り調べを担当した捜査員から聞いた話なんですが……」

「はい」

「被害者の両親と会って、ビラ配りを手伝ったりしたことで、衝動が抑えられ、犯行の抑止になったのだと、井方が供述したらしいです」

「へえ……」

布施が言った。「やっぱりビラ配りは効果があったんですね」

香山恵理子が言った。

「それ、続報で使わせていただいていいかしら」

「俺から洩れたことを秘密にしてくれれば……」

「それはお約束します」

「あ、布施ちゃん……」

そう言いながら近づいてきたのは、東都新聞の持田だった。「何だよ、継続捜査がとんでもない事件に化けちまったじゃないか」

布施がこたえる。

「俺のせいじゃないよ」

「まんまとしてやられた気分だよ」

黒田が言う。

「おまえの席はねえよ。あっちへ行け」

「そういうこと言うと、『ニュースイレブン』のスクープの秘密は、黒田さんとの癒着だ、なんて言われますよ」

黒田は顔をしかめた。

布施が言った。

「言われても、俺、別に気にしないよ。癒着できるもんなら、やってみればいい」

黒田が谷口に言った。

「こちらは癒着とか言われると迷惑だ。引きあげるとしようぜ」

持田が慌てて言った。

「あ、待ってくださいよ」

黒田と谷口はかまわずに、席を立った。

谷口は黒田がへそを曲げたのかと思って、そっと横顔を盗み見た。黒田は微笑を浮かべていた。


午後六時の会議が始まる。

大テーブルには、鳥飼、恵理子、そして栃本がいる。

「布施さんは、やっぱり、来えへんね」

栃本が言った。鳩村はそれを受けて言う。

「今度、きっちりと言い聞かせるよ」

会議が始まる。

鳩村は、テーブルの三人の顔を順に見ていく。

今後も『ニュースイレブン』は変化を決して恐れない。それが我々の誇りだ。

鳩村はそう思った。

解　説

朝宮運河

　二〇一八年は、今野敏にとってデビュー四十周年となるメモリアルイヤーだった。今野敏が大学在学中、「怪物が街にやってくる」で第四回問題小説新人賞を受賞し、作家デビューを飾ったのは一九七八年。キャンディーズが解散し、サザンオールスターズがデビューし、第一次大平内閣が発足した年のことである。若い読者にとってはもちろん、当時を知る世代にとっても四十年前は「はるか昔」に属するだろう。それだけの長い期間（途中に会社員生活を挟んだとはいえ）、エンターテインメントの第一線で活躍し続けてきたのだから、これはもう驚くべきことである。

　この快挙を記念して、同年には〈小説誌ジャック〉なる企画も開催された。これは「小説すばる」をはじめとする各出版社の十四の小説誌が、今野敏にスポットを当てた特集記事を横断掲載するという出版界初の試み。こんなことができるのも、各社で精力的に仕事を続け、しかも担当編集者たちにリスペクトされている今野敏だからこそ。並の作家ではなかなか難しいだろう。

その〈小説誌ジャック〉の一環として、担当編集者四名による座談会が開かれたことがあった（「小説 野性時代」二〇一八年六月号に掲載）。今野敏を古くから知る名物編集者が一堂に会し、秘蔵エピソードを語り合おうというものだ。私は記事のまとめ役としてこの座談会に同席していたのだが、出版界のベテランたちが口々に今野敏のストイックさ、プロ意識の高さを称えていたのが印象的だった。四十年作家であり続けること、それは才能以上に、不断の努力の結果なのだろう。

本書『アンカー』は、〈スクープ〉シリーズの第四作である。単行本は二〇一七年五月刊。シリーズ第二作『ヘッドライン』、第三作『クローズアップ』同様、「小説すばる」に連載された後、単行本にまとめられた。

布施京一は在京テレビ局ＴＢＮの人気報道番組『ニュースイレブン』所属の記者。いつも遊び歩いているが、記者としては天才的で、周囲があっと驚くようなスクープを次々とものにしている。〈スクープ〉はそんな布施を中心に、彼を取りまく報道局の面々や警視庁の刑事の奮闘を描いてゆくシリーズだ。

事件記者を主人公にしたミステリーはこれまでにも多数書かれているが、華やかなテレビ業界を舞台にしたところが本シリーズのミソ。一般にはあまり知られていないテレビ報道の現場をリアルに描きつつ、時代に鋭く切り込んだミステリーの要素も兼ね備えた、贅沢なエンターテインメントに仕上がっている。

『アンカー』はこれまでのシリーズの基本を引き継ぎながらも、新しい要素を積極的に取り入れている野心作だ。その点を解説するにあたって、まずはシリーズ既刊を簡単にふり返っておこう。

第一作『スクープ』（単行本時のタイトルは『スクープですよ！』）が刊行されたのは一九九七年。シリーズ唯一の短編集である同書では、遊び人である布施が広い交友関係と持ち前の嗅覚を生かし、芸能界のドラッグパーティや大蔵官僚のスキャンダルなどをスクープしてゆく。飄々とした布施のキャラクターや、それを苦々しく感じているニュースイレブンデスク鳩村との関係性、警視庁捜査一課の刑事・黒田との絶妙な距離感など、シリーズの基本フォーマットはすでに出揃っているが、布施のプライベートが描かれているという意味で、やや異色の巻でもある。

ちなみにこの時期は、今野小説のターニングポイントとなった傑作『蓬萊』（一九九四年）を経て、『リオ』『慎治』などの力作を相次いで刊行していた頃だ。おそらく作家生活二十年を目前にした今野敏の内側には、斬新なエンターテインメントへの野心がめらめらと燃えさかっていたのだろう。報道番組の遊軍記者というありそうでなかった設定を用いた『スクープ』も、そうしたチャレンジの一環だったように思えてならない。

それから十数年のインターバルを置いて発表された『ヘッドライン』（二〇一一年）

では、美容学校の女子学生がバラバラ死体となって発見された未解決事件と、現在進行形で起こっている盛り場からの少女失踪事件がリンクしてゆく。シリーズ初の長編作品で、現代ミステリーとしての読み応えは十分。堅物の鳩村が布施と夜遊びに出かけるシーンや、パンクロッカーのたむろするライブハウスで黒田が情報提供者と対面するシーンなど、見せ場も盛りだくさんだ。

この作品以降、『スクープ』にあった布施視点のシーンはなくなり、布施の言動はあくまで周囲のキャラクターを通して伝えられることになった。そのことで布施のミステリアスな印象がより強調されている。神出鬼没、気づけば事件現場に居合わせて、スクープをものにしている人物。そんなトリックスター的なキャラクターは『ヘッドライン』で確立し、その後も引き継がれてゆく。

三冊目の『クローズアップ』(二〇一三年)では、盛り場の公園でフリーライターが刺殺された事件をきっかけに、大物政治家と暴力団との黒い交際が少しずつ明らかになってゆく。マスコミによるイメージ操作の危うさを描く一方で、黒田の後輩刑事・谷口を語り手として登場させ、シリーズに新風を吹きこんだ。著者お得意の警察小説テイストが、より濃厚になった作品でもある。

こう紹介してきてあらためて感心するのは、著者の旺盛なサービス精神である。一作ごとに新しい要素を加え、テイストを変え続けることで、読者の興味をそらさない。今野敏がシリーズものの途中において、しばしば大胆な方向転換をおこなうことはファンならご存じだろうが（〈隠蔽捜査〉シリーズの近年の展開はその代表的なものだ）、〈スクープ〉にしてもこの先何が起きるか分からないというスリルが、心地よい緊張感をもたらしている。

では、著者は『アンカー』にはどんな工夫を凝らしたのだろうか。まずは個性的な新キャラクターの投入である。今回からニュースイレブンの制作スタッフに、関西ローカル局で人気番組を手がけていた栃本治が加わった。栃本がＴＢＮに異動してきたのは、低迷するニュースイレブンの視聴率を上向かせるため。着任早々、栃本は視聴率アップのためのアイデアを次々と口にするが、デスクの鳩村にはそのすべてが気に入らない。報道畑一筋で生きてきた鳩村には、「マスコミには、娯楽だけでなく、教育や警鐘（けいしょう）といった役割がある」とのポリシーがあるからだ。そんな矢先、鳩村は番組のメインキャスターを務める鳥飼から、思いも寄らないことを告げられる。栃本の登場によって、ニュースイレブンの将来には暗雲が垂れ籠めてゆく。

こうした人間ドラマを通して、報道のあるべき姿が問われてゆくのも『アンカー』の大きな特色だ。作中でも触れられているように、かつてはマスコミの王座にあったテレビは、ネットの出現によって方向性の見直しを余儀なくされている。スピードではネットに敵わず、深さでは活字媒体に敵わない。では、テレビ報道の存在意義はどこにあるのか――。

シリーズ開始から約二十年が経過し、テレビを取りまく環境が大きく変化した今日、これはシリーズを書き継いでゆくうえで避けては通れないテーマだったのだろう。報道はバラエティーではないと語る鳩村。血の通わない報道に疑問を呈する栃本。キャスターの鳥飼と香山恵理子は、番組における自分の立ち位置を見つめ直す。一度はばらばらになりかけたニュースイレブンの面々が、どう変化してゆくかも読みどころである。

『アンカー』単行本の刊行時、私はライターとして今野敏氏にインタビューする機会に恵まれた。栃本登場の経緯や各キャラクターの心境、扱った事件についてなど、いくつもの質問に答えていただいたが、中でも報道やメディアのあり方について質問した際の回答は、強く記憶に焼き付いている。紹介する価値があると思われるので、引用しておこう。

> ジャーナリズムとは何だろうという問題は、このシリーズで一貫して描いていることです。布施がいつも周囲に投げかけるように、事実というのは切り取り方によってどうとでも変化する。厳密にいえば客観報道というのも本来あり得ない。あらゆる報道は主観の産物なんです。だからといって事実を無視していいわけでもない。正解の

ない問いなんですが、報道がどうあるべきかはいつも考えています。一応、上智大学の新聞学科卒ですから（笑）。その考えが鳩村たちの発言に反映されている。答えが出ない問題だからこそ、小説として描いているんでしょうね。（「青春と読書」二〇一七年六月号）

たしかに本シリーズには、報道はどうあるべきかというテーマが常に流れていた（たとえば『ヘッドライン』には「報道マンが正義を振りかざしたら終わりですよ」、『クローズアップ』には「俺たちが、政党や政治について批判するのは傲慢です」という布施の台詞がある）。そうしたテーマが前面に表れた『アンカー』は、〈スクープ〉シリーズの根幹に迫る一作だと言える。〝忖度報道〟などという言葉が生まれ、マスコミと権力の関係が問われている今だからこそ、鳩村の葛藤はより真に迫って感じられるはずだ。

今回、警視庁の敏腕刑事・黒田と相棒の谷口が追うのは、十年前に町田市の大学生が刺殺された未解決事件だ。わずかな手がかりをもとに、執念の捜査を続ける黒田たちの前には、いつも決まって布施が現れる。彼は何かを摑んでいるのか、それとも本人が言うようにたまたまに過ぎないのか。

先のインタビューで今野氏は「布施は一種のスーパーマン」と評しているが、確かに彼には人を惹きつけてやまない不思議な魅力がある。人懐こいのにどこか超然としていて、飄々としているのにまっとうな倫理観の持ち主。本シリーズが現実社会を反映したシリアスな事件を扱いながらも、風通しのよさと痛快さを失わないのは、布施の絶妙なキャラクターによるところが大きいだろう。

ところで〈スクープ〉シリーズには、刑事や記者のたまり場である〈かめ吉〉という居酒屋がよく登場する。酒が飲めて食事もでき、ボリューム満点で知られる優良店らしい。

少々こじつけめくけれど、作家としての今野敏のスタンスはこのかめ吉によく似ているような気がするのだ。誰もが気軽に立ち寄れて、行けば必ず満足を与えてくれる店。いつも変わらぬ佇まい(たたず)で、お腹を空かせた客を迎え入れてくれる店。そしてそこにはいつだって刺激的な物語が渦巻いているのだ。

そんな作家が同時代に存在していることは、本好きにとってなんと幸せなことだろう。四十年間にわたって、休むことなく「今野敏」の看板を守り続けてきた偉大なる職人作家の腕前を、『アンカー』でしかと味わってほしい。

(あさみや・うんが　ライター/書評家)

本書は、二〇一七年五月、集英社より刊行されました。

初出
「小説すばる」二〇一六年四月号〜二〇一七年三月号

集英社文庫

アンカー

2020年 2 月25日　第 1 刷　　定価はカバーに表示してあります。
2024年 1 月24日　第 5 刷

著　者　今野　敏（こんの　びん）

発行者　樋口尚也

発行所　株式会社 集英社
東京都千代田区一ツ橋2-5-10　〒101-8050
電話　【編集部】03-3230-6095
【読者係】03-3230-6080
【販売部】03-3230-6393（書店専用）

印　刷　TOPPAN株式会社

製　本　TOPPAN株式会社

フォーマットデザイン　アリヤマデザインストア　　マークデザイン　居山浩二

本書の一部あるいは全部を無断で複写・複製することは、法律で認められた場合を除き、著作権の侵害となります。また、業者など、読者本人以外による本書のデジタル化は、いかなる場合でも一切認められませんのでご注意下さい。

造本には十分注意しておりますが、印刷・製本など製造上の不備がありましたら、お手数ですが小社「読者係」までご連絡下さい。古書店、フリマアプリ、オークションサイト等で入手されたものは対応いたしかねますのでご了承下さい。

© Bin Konno 2020　Printed in Japan
ISBN978-4-08-744075-1 C0193